読み直し文学講座Ⅰ

夏目漱石『心』を読み直す

病と人間、コロナウイルス禍のもとで

小森陽一

かもがわ出版

まえがき

世田谷と目黒で、三十年以上休むことなく、毎月一回の文学講座を私は行ってきました。新日本婦人の会の「小組み」活動としてはじめられた講座でした。それが「新型コロナウイルス禍《か》」とも言える事態の中で、使用することのできる会場の都合がつかなくなり、開催することが難しくなっていました。

その中で「たびせん・つなぐ」から、オンライン文学講座の開催の申し出があり、そうした技術に全く疎い私は、喜んで協力をお願いすることにしました。

オンライン文学講座にするのであれば、多くの方が高等学校の国語の教科書で、一度は読んだことのある夏目漱石の『心』がふさわしいのではないかという判断で、作品選定をしました。

『心』の著者漱石夏目金之助の生きた時代は、「感染症《かんせんしょう》の時代」とでも言うべき状況でした。『吾輩は猫である』の苦沙味《くしゃみ》先生が、「痘痕《あばた》」を気にしているように、金之助も幼少期に「種痘《しゅとう》」に失敗して疱瘡《ほうそう》に罹《かか》り、右頬に「痘痕」がありました。同じ頃発表された『琴のそら音』では、主人公の許婚者《いいなづけ》が「インフルエンザ」に罹患《りかん》し、『三四郎』も「インフルエンザ」に感染して床についているときに、気になっていた女性が結婚することを知らされます。

『それから』と『門』では、主人公の運命が決定的に転換する契機になっているのが、『心』の「先生」の両親の死因ともなった「腸《ちょう》チフス」です。

『彼岸過迄』では、「ジフテリア」が話題となり、自伝的小説『道草』の主人公健三は、苦沙味や漱石と同じように「種痘」に失敗して顔に「痘痕」のあることを気にしています。

日本が列強から開国を迫られ、帝国主義的侵略戦争を行う国家になっていく過程と、感染症の国内における流行の広がりは重なっています。その意味でも、漱石の『心』を感染症を軸に読み直してみたいと思います。

中学・高校生のみなさんもぜひ、読み直しに挑戦してみてください。

もくじ

＊引用は岩波文庫版『こころ』より

『こころ』目次

上　先生と私

中　両親と私

下　先生と遺書

引用のページ数・行数は（p○○・○○）で表記

＊中学生も読み進められるように、難解な語句にルビを振った。

第1章　海水浴場と雑司ケ谷霊園

『心』という小説は、多くのみなさんが、高校二年生の国語の授業で、教科書に掲載《けいさい》されたものを読まれたのではないかと思います。ただ、ほとんどの教科書に収録されているのは、上・中・下三部仕立てのうち、「下」のしかもいちばん最後の部分のみです。「先生」という「下」の書き手の友人「K」が突然自殺をする、その前後の話です。ですから、恋愛と友情に引き裂かれた作中人物の三角関係を中心に読んでこられた記憶が、おそらく多くの方の『心』の印象だろうと思います。けれども『心』という小説は、実は、明治という時代における病、とりわけ「感染症」と日本人の関係を扱った小説であるということは忘れられてきたように思います。

現在の「新型コロナウイルス禍」の中で、あらためてカミュの『ペスト』が読み直されていると報道されていますし、本屋さんからはこの『ペスト』の文庫本が無くなっているそうです。ビルの集合店のなかにある本屋さんは、次第に出入りができなくなっている現状の下で、今日のお話はさせていただいています。日本の近代小説として、多くのみなさんが一度は読んだことがある夏目漱石の『心』の中には、とても大事な近代の人間社会と伝染病とのかかわりが記されているのです。

実は、夏目漱石、本名は夏目金之助という人の人生も、伝染病と対峙《たいじ》する近代の医療の問題と密接に結びついています。みなさんがよくご覧になっている夏目漱石の写真は、とてもきれいな顔です。夏目漱石の生誕百年のときに漱石のアンドロイドが作られましたが、その顔もとてもきれいです。けれども、実際の夏目金之助の顔には、痘痕《あばた》がたくさんあったのです。それは、いわゆる疱瘡《ほうそう》にかかってしまったからです。明治日本で「種痘令《しゅとうれい》」（一八七〇年）によって導入された予防接種を受けて、その予防接種の失敗によって、実際に種痘にかかってしまったのです。

夏目金之助は、痘痕のある自分の顔をずっと気にし続けていました。とりわけ、一九〇〇年からロンドンに留学したときがそうで、市内でトラム（路面電車）に乗ったりすると、痘痕のある自分の顔をじろじろと見られました。それは、その時のヨーロッパには、伝染病に対する大きな差別があったからです。最初に書いた小説である『吾輩は猫である』（第九章）の冒頭で、苦沙弥先生が毎朝鏡を見ながら自分の痘痕を気にしているということを猫が報告します。「種之種痘」を「腕に種えたと思ったのが」、「顔へ伝染して」しまったのです。ですから、夏目金之助という作家は、国際的なかかわりも含めて、感染症（乃至《ないし》は伝染病）が人間にとってどういう意味を持っているのかということを、機会があるごとに考えざるを得なかった作家であったように思います。

そして、夏目漱石という作家の感染症とのかかわりでだいじな問題は、『心』という小説にもしっかりと書き込まれているのです。こうした「新型コロナウイルス禍」の中で、人間はいったいどのように感染症と向き合っていけばいいのか、あらためてみなさんとともにそのことを考えていきたいと思います。いま、世界最強の軍事力を持っているアメリカでは、感染症に対する大統領をはじめ政府の無防備さのゆえに、世界最大の感染者と死者を出しています。つまり、どんなに軍事力を強化し、そこにお金を使っても、いちばん力を注ぐべき国民の命を守ることがおろそかになっては、感染症から人を守ることはできないということです。国民皆保険《かいほけん》制のないアメリカの、医療制度の脆弱《ぜいじゃく》さがはっきりと表れた事態でもあります。

そういう現状も併せ考えながら、『心』を読み直してみましょう。

長編小説『心』の冒頭は、海水浴場から始まります。（p7）

私《わたくし》はその人を常に先生と呼んでいた。だから此所《ここ》でもただ先生と書くだけで本名は打ち明けない。これは世間を憚《はば》かる遠慮というよりも、その方が私にとって自然だからである。私はその人の記憶を呼び起すごとに、すぐ「先生」と言いたくなる。筆を執っても心持は同じ事である。よそよそしい頭文字《かしらもじ》などはとても使う気にならない。

私が先生と知《し》り合《あい》になったのは鎌倉《かまくら》である。その時私はまだ若々しい書生であった。暑中休暇を利用して海水浴に行った友達から是非来いという端書《はがき》を受取ったので、私は多少の金を工《く》面《めん》して、出掛《でかけ》る事にした。私は金の工面に二《に》、三《さん》日を費やした。ところが私が鎌倉に着いて三日と経《た》たないうちに、私を呼び寄せた友達は、急に国元から帰れという電報を受け取った。電報には母が病気だからと断ってあったけれども友達はそれを信じなかった。友達はかねてから国元にいる親達に勧《すす》まない結婚を強いられていた。彼は現代の習慣からいうと結婚するにはあまり年が若過ぎた。それに肝心の当人が気に入らなかった。それで夏休みに当然帰るべきところをわざと避けて東京の近くで遊んでいたのである。彼は電報を私に見せてどうしようと相談をした。私にはどうして可《い》いか分らなかった。けれども実際彼の母が病気であるとすれば彼は固《もと》より帰るべきはずであった。それで彼はとうとう帰る事になった。折角来た私は一人取り残された。

これが『心』の冒頭です。

まず、「私」という語り手だけが現れて、これから話す話のなかで「その人」のことを「先生」と呼ぶことにするとして、いきなり学生だった頃に海水浴場に行ったという話から始まります。ここを読んだだけでは、読者にとって、「先生」とは誰のことか全くわからないまま始まる話です。海水浴に出かけるわけですから、当然夏休みです。そして、「私」を鎌倉の海水浴場に呼んだ友達は、三日もたたないのに故郷から呼び出しがかかって帰っていきます。まだ学生なのですが、どうも故郷で気の進まない結婚話が進んでいるらしい、それで母親の病気を理由に帰ってこいと言われているのです。

結婚話が勝手に進められて、「夏休みに」故郷に帰ってこいと言われるといういきさつが、『心』という長編小説をめぐる「私」という語り手と、その「私」が「先生」と呼んでいる年上の知り合いとの、この後のかかわりの中で、いちばんの要になっていきます。

『心』を含めて、夏目漱石のほとんどの長編小説は東京と大阪の朝日新聞に連載《れんさい》された新聞連載小説です。同時代の読者は、毎日の新聞の紙面で『心』を読んでいました。一日分が一章、今の文庫本の一章と同じ分量です。もちろん作家は、それを書き始めたときから、自分の小説のすべてを把握《はあく》しているわけではありません。途中で気が変わることもあるでしょうし、予定が変更されることもあるでしょう。しかし、その冒頭が、夏休みの海水浴場で、しかも場所は鎌倉だというところに『心』という長編小説の重要な伏線があるのです。

まず「海水浴場」という概念ですが、これは明治という新しい時代に、ヨーロッパ、とりわけイギリスから入ってきた、日本にはそれまでなかった翻訳語《ほんやく》です。「海水浴」というのは英語でsea bathing、「海にお風呂《ふろ》のように入る」という意味です。実際にイギリスでは、一八世紀の終わりごろから、海水浴が医者によって勧められるようになりました。とりわけ有名なのは、ロンドンの近郊のブライトンという海辺ですが、そのまま海へ入ってしばらく浸かっている、文字通りsea bathingだったのです。なぜ一八世紀の終わりなのかというと、イギリスにおいて最初の蒸気《じょうき》機関が開発され、都市部で大気汚染が一気に進んで健康被害が生じたために、都市生活を送る裕福な階層の人々が週末に海水浴場に出かけるようになったからです。

海水浴ができるのは夏だけです。イギリスは日本と比べてかなり緯度が高いですから、夏は晴れていたとしてもそれほど暑くはありませんし、雨も降ります。その寒さをが我慢《がまん》してあえて海水に浸かる、それが医療的に良いことは証明されていました。冷たい海水に浸かると皮膚が緊張し、血液の流れも変わりますし、海水が含んでいる塩分が肌に刺激を与えます。そして、当時は今ほど海水の汚染は進んでいませんでしたから、きれいな海水を飲むことも健康に良かったのです。都市部でのウィークデイは煤煙《ばいえん》で汚れた空気を吸いながら過ごさなければなりませんが、夏の週末は健康に良い海水浴に行こう。これが中上流階級の中で進み、やがて漱石がロンドンへ行った一九世紀末から二〇世紀にかけては、一般の庶民の中にも広がっていました。笑い話のようですが、労働者階級は住まいにバスルームがほとんどありませんでしたから、海水浴で海に入って石鹸《せっけん》で体をごしごし洗う、その泡が中上流階級の海水浴場にも流れてきて、社会的問題になったことさえあったようです。

イギリスで医療用に見出された海水浴は、江戸時代からオランダの医学を学んだ蘭方医《らんぽうい》たちによって日本に持ち込まれ、明治の近代徴兵制《ちょうへいせい》と結びついて多くの人に知られるようになったのです。これが、「海水浴」という三文字熟語が明治という時代を意識したときに見えてくるわけです。夏目漱石は、そうした記憶を持っている「先生」という自分とほぼ同じ世代の年上の人間と、明治天皇が亡くなる年に大学を卒業する、明治という時代の全体を知らない「私」という前半の語り手の二世代を並べることによって、世代の異なる新聞読者に、明治という時代とヨーロッパ近代とのかかわり、明治維新が何を日本にもたらしたのかということを思い起こさせようという意識的な設定が、この冒頭でなされているわけです。

さて、この海水浴場がどこだったか、明確に「鎌倉」と書いてあります。これも大切な情報です。日本の近代の海水浴場の開発は、まず関西方面から進みます。一八七七（明治一〇）年の西南戦争では、初めての徴兵制による政府軍が、日本で最も強力であった薩摩《さつま》武士団と九州で戦争をします。この西南戦争のときに、たまたま長崎に着いた外国船からコレラの感染が広がり、戦争で勝利した政府軍兵士がコレラ菌に感染して本州に戻ってくることによって、感染が一気に全国的に広がるという事態が発生します。そうしたなかで、軍人・兵士たちの健康管理に気をつけなければならないという注意がなされるようになります。

当時はまだ理由がわからなかったのですが、日本陸軍にとっての最も大きな持病ともいえる病が脚気《かっけ》でした。一八七二（明治五）年から徴兵制が施行されますが、長男は戸籍《こせき》筆頭者ですから徴兵されず、次男三男がまず徴兵されました。それまでまともなものを食べることのできなかった農家の次男三男たちが徴兵され、軍隊に入って初めて白米を食べた。これがおいしくてたまらないというので白米を食べ続け、副食を十分に摂取しなかったためにビタミンB1が欠乏して脚気になったのです。この陸軍の持病である脚気の要因が日清戦争のときまではっきりせず、陸軍軍医総監《そうかん》であった森鷗外（本名森林太郎）が責任を問われた、という逸話《いつわ》にもつながることになるのです。いずれにしても、西南戦争に出征して関西に戻ってきた軍人たちの病を治すために、須磨・明石辺りでまず海水浴が奨励され、次いで関東でも大森海岸で海水浴が奨励されるようになっていきます。

夏目漱石の「虞美人草《ぐびじんそう》」という小説も大森海岸行きがクライマックスになっていますし、それを意識したのかどうか、谷崎潤一郎の有名な「痴人の愛」でも大森海岸は東京から小洒落《こじゃれ》たデートに行くにはいちばんいい場所になっています。こうして、日本で二番目に開発された海水浴場が大森海岸でした。そして、長與專齋《ながよせんさい》という、オランダの医学を学び、明治新政府と直結した医療制度を確立するのに、重要な役割を果たした医者の提唱で、鎌倉の海水浴場ができました。そこにふっと出かけたという設定は、よくありそうな学生の夏休みの光景ではありますが、選んだところは鎌倉の海水浴場であったわけです。そこで「私」という青年は「先生」と出会います。これが物語の始まりですが、では先生とどのように出会うのかを紹介したいと思います。(p9・8)

私《わたくし》がその掛茶屋《かけぢゃや》で先生を見た時は、先生が丁度着物を脱いでこれから海へ入ろうとする所であった。私はその時反対に濡《ぬ》れた身体《からだ》を風に吹かして水から上って来た。二人の間には目を遮《さえ》ぎる幾多の黒い頭が動いていた。特別の事情のない限り、私は遂《つい》に先生を見逃したかも知れなかった。それほど浜辺が混雑し、それほど私の頭が放漫《ほうまん》であったにもかかわらず、私がすぐ先生を見付出《みつけだ》したのは先生が一人の西洋人を伴《つ》れていたからである。

その西洋人の優れて白い皮膚の色が、掛茶屋へ入るや否《いな》や、すぐ私の注意を惹《ひ》いた。純粋の日本の浴衣《ゆかた》を着ていた彼は、それを床几《しょうぎ》の上にすぽりと放《ほう》り出したまま、腕組みをして海の方を向いて立っていた。彼は、我々の穿《は》く猿股《さるまた》一つの外《ほか》何物も肌に着けていなかった。私にはそれが第一不思議だった。私はその二日前に由井《ゆい》が浜《はま》まで行って、砂の上にしゃがみながら、長い間西洋人の海へ入る様子を眺めていた。私の尻《しり》を卸《おろ》した所は少し小高い丘の上で、そのすぐ傍《わき》がホテルの裏口になっていたので、私の凝《じっ》としている間《あいだ》に、大分《だいぶ》多くの男が塩を浴びに出て来たが、いずれも胴と腕と股《もも》は出していなかった。女は殊更《ことさら》肉を隠しがちであった。大抵は頭に護謨製《ゴムせい》の頭巾《ずきん》を被《かぶ》って海老茶《えびちゃ》や紺《こん》や藍《あい》の色を波間に浮かしていた。そういう有様を目撃したばかりの私の眼には、猿股一つで済まして皆《みん》なの前に立っているこの西洋人が如何《いか》にも珍らしく見えた。

彼はやがて自分の傍《わき》を顧みて、其所《そこ》にこごんでいる日本人に一言二言《ひとことふたこと》何か言った。その日本人は砂の上に落ちた手拭《てぬぐい》を拾い上げているところであったが、それを取り上げるや否や、すぐ頭を包んで海の方へ歩き出した。その人が即ち先生であった。

私は単に好奇心のために、並んで浜辺を下りて行く二人の後姿《うしろすがた》を見守っていた。すると彼らは真直《まっすぐ》に波の中に足を踏み込んだ。そうして遠浅《とおあさ》の磯近《いそぢか》くにわいわい騒いでいる多人数《たにんず》の間を通り抜けて、比較的広々とした所へ来ると、二人とも泳ぎ出した。彼らの頭が小さく見えるまで沖の方へ向いていった。それから引き返してまた一直線に浜辺まで戻って来た。掛茶屋へ帰ると井戸の水も浴びずに、すぐ身体を拭《ふ》いて着物を着て、さっさと何処《どこ》へか行ってしまった。

これが、「私」という青年がそのあと因縁深いかかわりをすることになる「先生」と呼ばれた男と出会う瞬間です。なぜ注目したのかというと、「先生」それ自身ではなく、隣に「猿股一つ」の「西洋人」がいて、「この西洋人が如何にも珍しく見えた」からなのです。実はこの「私」という青年は、二日前に由井が浜の西洋人だけが泊まることのできるホテルに行って、そこのプライベートビーチで西洋人が正しい海水浴、イギリス流の sea bathing をしているさまを見ていました。当時の西洋の水着は、体全体を覆って裸の部分はほとんど手と足の先だけで、頭にもゴムの帽子をかぶって、ぷかぷか浮いて水を飲んだりしている、それを見ていたのです。ところがこの西洋人は、日本人の使う掛茶屋で浴衣を脱いで、「猿股一つ」で海に入って泳ぎ、出てきました。それに対して、あとで「先生」とわかる男は、日本手ぬぐいで鉢巻をしめ、日本的な格好で泳いでいくのです。

海水浴が水泳と重なるという在り方は、近代日本、とりわけ明治日本の独自の文化でした。それは先ほど言いましたように、まずは医者の提案で軍の健康治療用として始まりますが、やがてそれを元に海水浴場を使って、軍事訓練が行われるようになりました。

日本の近代のエリートを養成する学校は、小学校から中学校に進み、中学校の厳しい受験勉強を勝ち抜いて高等学校に入ることができれば、卒業と同時に帝国大学に進学できる、これが明治の大学令で作り出された学歴エリート養成システムでした。中学校や高等学校にも軍事教練《きょうれん》が導入されました。徴兵制度は高学歴の高等学校や大学に進学した人は免れるのですが、森有礼《もりありのり》が文部大臣のときに、そういう学生もきちんと体を鍛えさせておかなければならないということで、様々な運動が軍事教練と連動して学校教育の中で奨励されていきました。その一つとして、中学校が海水浴場にそれぞれの合宿所を作っていきますが、そこから単に海に浸かるというヨーロッパ式海水浴ではなく、水泳をするための海水浴場になりました。そこは、鎌倉の海水浴場でもそうですが、湾があって波が穏やかなところでないと危険です、その外に出てしまえば太平洋の荒波ですから。

ここがだいじなところですが、『心』という小説の末尾は「先生」が、明治天皇が亡くなったあと御大喪《ごたいそう》のとき、乃木希典《のぎまろすけ》が明治天皇に殉死《じゅんし》をする、その号外を読んで「殉死だ殉死だ」と叫んで、その二、三日後に自らも死を選ぶ決意をして「私」という青年に長い遺書《いしょ》を書く、これが下の「先生の遺書」という章になっています。どのような死に方をしたのかということは、ついに書かれていません。これはまた、最後の回にお話しすることにしますが、この「先生」の死に方と冒頭の鎌倉の海水浴場の関係、「私」という青年と「先生」との出会いをなぜこの海水浴場にしたのか、ということの意味を改めて考えていきたいと思います。

では「私」という青年と「先生」が最初にどのように言葉を交わすのか、第三章をみてみます。(p11・10)

私は次の日も同じ時刻に浜へ行って先生の顔を見た。その次の日にもまた同じ事を繰り返した。けれども物をいい掛ける機会も、挨拶《あいさつ》をする場合も二人の間には起らなかった。その上先生の態度はむしろ非社交的であった。一定の時間に超然として来て、また超然として帰って行った。周囲がいくら賑《にぎ》やかでも、それには殆《ほと》んど注意を払う様子が見えなかった。最初一所に来た西洋人はその後まるで姿を見せなかった。先生はいつでも一人であった。

或時《あるとき》先生が例の通りさっさと海から上《あが》って来て、いつもの場所に脱ぎ棄《す》てた浴衣《ゆかた》を着ようとすると、どうした訳か、その浴衣に砂が一杯着いていた。先生はそれを落すために、後向《うしろむき》になって、浴衣を二、三度振《ふる》った。すると着物の下に置いてあった眼鏡《めがね》が板の隙間《すきま》から下へ落ちた。

先生は白絣《しろがすり》の上へ兵児帯《へこおび》を締めてから、眼鏡の失《な》くなったのに気が付いたと見えて、急にそこいらを探し始めた。私はすぐ腰掛《こしかけ》の下へ首と手を突ッ込んで眼鏡を拾い出した。先生は有難うといって、それを私の手から受取った。

次の日私は先生の後《あと》につづいて海へ飛び込んだ。そうして先生と一所の方角に泳いで行った。二丁《ちょう》ほど沖へ出ると、先生は後《うしろ》を振り返って私に話し掛けた。広い蒼《あお》い海の表面に浮いているものは、その近所に私ら二人より外《ほか》になかった。そうして強い太陽の光が、眼の届く限り水と山とを照らしていた。私は自由と歓喜に充《み》ちた筋肉を動かして海の中で躍《おど》り狂った。先生はまたぱたりと手足の運動を已《や》めて仰向《あおむけ》になったまま浪《なみ》の上に寐《ね》た。私もその真似《まね》をした。青空の色がぎらぎらと眼を射るように痛烈な色を私の顔に投げ付けた。「愉快ですね」と私は大きな声を出した。

しばらくして海の中で起き上がるように姿勢を改めた先生は、「もう帰りませんか」といって私を促がした。比較的強い体質を有《も》った私は、もっと海の中で遊んでいたかった。しかし先生から誘われた時、私はすぐ「ええ帰りましょう」と快よく答えた。そうして二人でまた元の路《みち》を浜辺へ引き返した。

これは、「私」という青年の立場から書かれています。「先生」と初めて言葉を交わしたのは、海水浴場から沖へ向かって泳いでいって「先生」がパタッと止まった、そのあたりです。ですから「私」

という青年の立場から言えばきわめて自然な流れですが、ここで、「先生」の立場に立ってこの場面を考えるとどういうことになるのか、ということへ想像力を伸ばしていただきたいと思います。

夏目漱石は、それまでの『彼岸過迄』『行人』という長編小説を、短編を積み重ねて長編小説にする（「彼岸過迄に就いて」1912・1・1）という独自な方法で書いています。ですから、長編小説全体の題名が最初にあって、次に最初の短編小説、二番目の短編小説の題名がきて、次に章の数字が入って本文に入るようになっています。新聞連載時の『心』も、漢字の「心」という表題があり、次に「先生の遺書」という最初の短編の題がついていたのですが、そのまま百何回まで連載が続いた状態で終わります。ですから全体の題が「心」で最初の短編が「先生の遺書」という長編の連載だったはずなのに、一つの短編だけで終わってしまったのです。

このとき古本屋だった岩波茂雄が岩波書店の創業にあたって、「新刊本を出す本屋を作りたい」ので「この小説を最初の本として出させてもらいたい」と、自分の師匠《ししょう》に当たる夏目金之助のところにお願いに行ったのです。漱石は「いいだろう」と言って、自ら装幀《そうてい》までして上中下に分けて単行本として出版しました。現在の岩波書店の漱石全集は、このときの『心』の装幀《そうてい》がそのまま使われています。今の様々な出版社の文庫本は、このときの単行本が上中下に分けられたものを踏襲《とうしゅう》しており、最後の下が「先生と遺書」になっているのです。

だいじなことは「先生の遺書」という副題で始まっているわけですから、「先生」に注目して読んでもらいたい、というアピールがこの最初の題名にあるわけです。しかも「遺書」ですから、「先生」は自死するのだということが最初から題名で宣言されているわけです。だから読者はそういう覚悟で読み続けていくし、「先生」のことがどうしても気になって読むことになります。そこで、「先生」の立場に立って、先ほど紹介した第三章を読むとどうなるでしょうか。

「先生」としてはおそらく気付いてもいなかったのでしょうが、一度も会ったことのない「青年」が、自分の落とした眼鏡を、自分はどこにあるか気づいていないのに、わざわざベンチの下から拾って手渡すわけです。これは明らかに、ずっと自分のことを見ていたのではないか、という思いになるはずです。そして自分が浜辺へ出て海に入って泳ぎ出すと、さっき眼鏡を手渡してくれた青年がどこまでもついてくるのです。「先生」は年上ですから、この鎌倉の海水浴場がどうなっているのか、よくわかっているはずです。でも、どうも青年はわかってなさそうです。

鎌倉がなぜ海水浴場になっているかというと、そこは湾になっていてその中は波も緩やかで安全ですが、湾の外へ出ると太平洋の荒波であり、潮の流れが変わったら引き込まれてしまう危険性がある。どうもこの青年はそういうことをわかっていないようだ。そこで「先生」はハタと泳ぐのをやめて、声をかけて「ここらへんでもうちょっとやめときなさい」と指示をした。そうしたら青年は、一人で水をバシャバシャさせ、「楽しいですね」とか言って水遊びをして喜んでいる。みんなは浜辺の近くで水遊びをしていて、遠くまで泳ぐのは西洋人と自分しかいなかったのに、この青年はわざわざついてくる。だから「先生」にしてみれば、どうもこの青年は浜辺からずっと自分のあとをつけてきているらしい、と思って「そろそろもう帰りませんか」と声をかける。

鎌倉の海に来慣《きな》れている「先生」であれば、満ち潮と引き潮が時間帯でどうなっているかわかっているはずです。つまり、引き潮《しお》になっているときには、波に連れられて外海へ出てしまう可能性がある、そういうことを「先生」は気にしたのかもしれません。いずれにしても、「先生」にしてみればこの「私」という青年は、突然現れたストーカーのような存在なのです。

実は「私」のストーカー行為は、鎌倉から東京へ帰った後まで続きます。その舞台が雑司ヶ谷《ぞうしがや》霊園《れいえん》なのです。雑司ヶ谷霊園には、夏目家のお墓があります。たいへん大きな立派なお墓です。私の母親で詩人の小森香子の母の住む家がその雑司ヶ谷霊園のすぐそばにあり、私の家も道路を渡ってすぐそばにあったので、母方の祖母の家へ行ったときには、よく雑司ヶ谷霊園で遊んでいました。漱石のお墓の周囲で小学校の頃かくれんぼなどをしていましたので、漱石のたたりでこういう人生を歩むことになったのかもしれませんが、雑司ヶ谷墓地というのはここでは大変重要な場所なのです。その場面を紹介したいと思います。(p13・15)

> 私は月の末に東京へ帰った。先生の避暑地を引き上げたのはそれよりずっと前であった。私は先生と別れる時に、「これから折々御宅《おたく》へ伺っても宜《よ》ござんすか」と聞いた。先生は単簡《たんかん》にただ「ええいらっしゃい」と言っただけであった。

こうして、鎌倉で先生の住所を聞いて東京へ帰ったら伺ってもいいですかという話をつけたのです。そして秋、授業が始まって一か月ぐらいしたときです。当時の日本の帝国大学の授業は、今とは違ってヨーロッパやアメリカと同じで、秋から新学期が始まりました。夏休み前に学年が終わるという学事歴でしたので、授業が始まって一か月ほどたった後、先生の所に行くと、一回目は留守なのです。二度目に行ったのは次の日曜日でしたから、授業のない日曜日ごとに「私」は「先生」の所を訪れているわけです。すると「先生」は外出していて、「先生」の「奥さん」から外出先を聞くことになります。（p15・14）

私はその人から鄭寧《ていねい》に先生の出先を教えられた。先生は例月その日になると雑司ケ谷《ぞうしがや》の墓地にある或《ある》仏へ花を手向《たむ》けに行く習慣なのだそうである。「たった今出たばかりで、十分になるかならないかで御座います」と奥さんは気の毒そうにいってくれた。私は会釈して外へ出た。賑《にぎや》やかな町の方へ一丁《ちょう》ほど歩くと、私も散歩がてら雑司ケ谷へ行って見る気になった。先生に会えるか会えないかという好奇心も動いた。それですぐ踵《きびす》を回《めぐ》らした。

私は墓地の手前にある苗畠《なえばたけ》の左側から這入《はい》って、両方に楓《かえで》を植え付けた広い道を奥の方へ進んで行った。するとその端《はず》れに見える茶店《ちゃみせ》の中から先生らしい人がふいと出て来た。私はその人の眼鏡《めがね》の縁《ふち》が日に光るまで近く寄って行った。そうして出抜《だしぬ》けに「先生」と大きな声を掛けた。先生は突然立ち止まって私の顔を見た。

「どうして……、どうして……」

先生は同じ言葉を二遍《へん》繰り返した。その言葉は森閑とした昼の中《うち》に異様な調子をもって繰り返された。私は急に何とも応《こた》えられなくなった。

「私の後《あと》を跟《つ》けて来たのですか。どうして……」

先生の態度はむしろ落付いていた。声はむしろ沈んでいた。けれどもその表情の中《うち》には判然《はっきり》いえないような一種の曇《くもり》があった。

私は私がどうして此所《ここ》へ来たかを先生に話した。

「誰の墓へ参りに行ったか、妻《さい》がその人の名をいいましたか」

「いえ、そんな事は何も仰《おっ》しゃいません」

「そうですか。そう、それはいうはずはありませんね。初めて会った貴方《あなた》に。いう必要がないんだから」

先生は漸《ようや》く得心《とくしん》したらしい様子であった。しかし私にはその意味がまるで解《わか》らなかった。

先生と私は通《とおり》へ出ようとして墓の間を抜けた。依撒伯拉《イサベラ》何々《なになに》の墓だの神僕《しんぼく》ロギンの墓だのという傍《かたわら》に、一切衆生悉有仏生《いっさいしゅじょうしつうぶっしょう》と書いた塔婆《とうば》などが建ててあった。全権公使何々というのもあった。私は安得烈と彫《ほ》り付けた小さい墓の前で「これは何と読むんでしょう」と先生に聞いた。「アンドレとでも読ませるつもりでしょうね」といって先生は苦笑した。

この最後の所は読み方が微妙で、一応「先生」はアンドレと読んだのですが、漢字で「安」「得」「烈」の当て字で「安得烈」と書いてある。ですから、墓の墓碑銘は漢字で彫り付けてありますが、洗礼をした名前が彫られているのです。おわかりのとおり、雑司ヶ谷霊園は多宗教的な墓地であるということです。

雑司ヶ谷霊園は染井霊園や青山霊園と同じように、明治になってから近代の霊園として開発された新しい墓地です。まさに明治という時代を象徴する場所です。なぜそれが必要だったかと言うと、「死者をどのように扱うのか」ということについて、江戸幕藩体制社会と明治の近代化を進める明治政府の方針とが決定的に違っていたからです。

ここでアンドレといった洋風の名前が出てくるとおり、欧米列強とのかかわりにおいて、日本が安政五か国条約で開国をすることによって多くの欧米人、つまりキリスト教徒たちが入ってくる。その人たちがそのまま日本で死ぬこともある。ではその人たちは、江戸時代のように死んだらすべて仏教のお寺で法要し、死者をその寺のお墓に収容するのかといえば、そういう体制の中には収まりません。しかも、明治の大きな変革のときには、江戸幕藩体制の死者の扱い方に反発する形で廃仏毀釈《はいぶつきしゃく》運動が行われ、神道形式で死者を葬《ほうむ》るということが長州を中心に行われるようになりました。これは仏教的な死者の葬り方とは明らかに違うわけです。それが招魂社《しょうこんしゃ》という形式で全国的に行われ、とりわけ新しく首都となった東京で、神道式で死者を葬る場所であった東京招魂社が、後の靖国《やすくに》神社になるわけです。それは天皇のために徴兵制の軍隊で死んだ死者たちを天皇の名でどのように英霊《えいれい》にしていくのか、徴兵制の軍事国家においては人間の死を国家がどう管理していくのかという点で、死者をどのように葬るかということは明治の体制と深くかかわっています。雑司ヶ谷霊園はそういう意味で、地方から東京へ出てきてそのまま東京で亡くなる人たち、さらには外国から日本に来て、東京でお雇い外国人として政府の仕事に協力したりキリスト教を広めたりしながら、そのまま日本で命を失うことになった人たちが、様々な形でお墓を作ることができる、そういう明治という国際化した近代の時代を象徴する墓地だったのです。

ちなみに、先ほどご紹介した「先生」がお参りをしていたお墓から帰ってくるときに、どういうお墓が並んでいたのでしょうか。漱石がお墓を買ったとき、実は自分のためにお墓を作ったのではありませんでした。『門』の執筆を終えた一九一一年に「修善寺の大患《たいかん》」と呼ばれている生死をさまよう病を患《わずら》ったわけですが、ちょうどこのとき、いちばん幼い五女のひな子があたかも自分の身代わりのように亡くなってしまい、このひな子を葬るために雑司ヶ谷霊園にお墓を買ったのです。先ほどの一連のお墓の墓碑銘《ぼひめい》の叙述は、その日記に書かれていたのとほぼ同じであり、実体験を踏まえた叙述になっているわけです。

「先生」は、「K」を葬ったお墓に月命日に必ず訪れてお墓参りをしています。まだ「K」という人物のことを話してもいないのに、鎌倉の海水浴場で自分のあとをつけて泳いできたストーカーのような若者が、自分が説明したわけでもないのに突然そのお墓の傍《かたわ》らに来ているのです。しかも「先生」の金縁眼鏡の縁が光るところまで近づいて声をかけたということは、前から来たのなら「先生」

は気づくはずですから、後ろから近寄ってきて脇に回って金縁眼鏡が光るのを見ていきなり「先生」と声をかけたのです。この驚きがどれだけ「先生」の心臓を悪くしたかと考えてしまいます。

つまり、ストーカー的存在としての「私」という若者が、鎌倉から東京まで「先生」を追いかけてきて、のちに「先生」が遺書で告白する、「K」という頭文字しかわからない、自殺してしまった因縁《いんねん》のある友人の墓の傍まで現れてしまうわけです。「先生」は直ちに、自分の妻が詳細を語ったのかと問いかけます。つまり、自分の妻と自分の過去、のちに「静」という名であることがわかる自分の妻をめぐる三角関係の中で「K」が自殺するということが明らかにされていくわけですが、その「先生」にとって大きな心の傷になり、それを拭うことができずに今でも月命日に雑司ヶ谷に墓参りに行っている、その秘密を妻が「私」という青年に話したのかどうか、いきなり「先生」は問うているのです。

この冒頭の数日間の連載の中で、「私」という青年が鎌倉の海水浴場で「先生」に声をかけて、それがきっかけで東京までやってきて、秋のある日、「K」という友人の自殺した月命日に、雑司ヶ谷霊園の「K」のお墓の傍までやってきて声をかける。これがどれだけ「先生」に精神的な脅迫《きょうはく》感を与えたか、それを直接には書かずに、事態をまだ理解していない「私」という青年の側から書くことによって、読者に想像させていく、こういう書き方を漱石が意図的に選んで、『心』という長編心理小説の出だしの仕掛けにした、ということに留意してください。

繰り返しになりますが、鎌倉の海水浴場とはどのような所だったのでしょうか。日本の海水浴場は、日本が欧米の列強に開国をし、多くの外国人が入ってきて、まず外国人用の海水浴の避暑地として開発されました。それが次第に、徴兵制度と連動した学校教育の中で、海水浴はただ浸かっているのではなく泳ぐ、水泳をすることによって体を鍛える軍事教練になっていきました。確かに、日本のような島国で外へ出るためには軍艦《ぐんかん》に乗らなければなりませんから、軍人にとって泳ぎは不可欠です。海軍はもとより、陸軍の兵士も軍艦に乗って出征しますから、船が攻撃されて沈没した場合には泳いでボートまで逃げなければなりません。お風呂に浸かるsea bathingではなく泳ぐsea swimmingをする海水浴が広がったのは、明治近代の徴兵制の軍隊をもった日本ならではのことでした。

高等学校や大学の学生たちは、中学のときからそうした訓練を受けているわけですから、夏になったら海辺に行って海水浴をする、それは学生の「私」という青年と友人にとっても常識になっていたわけです。ホテルのプライベートビーチで海に浸かっている、こてこてに着込んでゴムの帽子をかぶった西洋人と、猿股一丁で「先生」と泳いでいるちょっと異質な西洋人、これが「私」という青年が注目した理由です。

そしてそこに注目したストーカー的眼差しが、「先生」の過去が隠されている雑司ヶ谷霊園へと「私」を向かわせることになります。雑司ヶ谷霊園は、詳しくお話しした通り、明治の近代になって宗教の違う多くの外国人が日本に入ってきて、死んだ場合の葬り方も江戸時代の仏教一色では成り立たないという状況になったときに作られた新しい墓地でした。

その鎌倉海水浴場と雑司ヶ谷霊園墓地という二つの場所で、「先生」と「私」の出会い頭の事件が起きるわけです。これはまさに『心』という小説が、他でもない明治という新しい時代状況のもとで展開されたということを示しています。日本が列強と結んだ安政五か国条約に対して孝明天皇が勅許《ちょっきょ》を拒みます。幕府は天皇の命令に背いて勝手に不平等条約を結んだ、だから薩長連合が条約改正を合言葉にして明治維新を行い、都を京都から東京に移したわけです。夏目漱石が、そうした新しい時代状況をどう捉え、『心』という新聞小説にそれをどう書き込んでいったのか、注目していきたいと思います。

「私」という青年が「先生」を二度にわたって脅かしたことから、「先生」は探偵のように自分をつけているのではないかという恐怖を、「私」という青年に対して抱きます。しかし「私」はそういう「先生」の思いがわかっていません。そこからどういう悲劇がこのあと展開していくのか、さらにお話を続けていきたいと思います。

第II章　明治天皇の病死

前章では、『心』という小説において、「先生」と「私」という青年との最初の出会いが鎌倉の海水浴場であり、その次の出会いが雑司ヶ谷霊園であったことから、この設定が明治という時代においてどのような意味があったのかについてお話をしました。

この小説のクライマックスは、明治天皇が亡くなり、その大葬が行われるときに乃木希典が自らの妻、静を道連れにして殉死する、その報道を号外で知った「先生」が突如自らも死を選ぶという決断をする、大葬の二、三日後です。それ自体はきわめてフィクショナルな小説ではあるのですが、『心』には現実の歴史的時間が書き込まれています。しかも、この明治天皇の病死、葬儀《そうぎ》、乃木希典殉死という時間を、「私」という青年は自分の故郷で家族のなかで過ごしています。

作中にあらわれてくる主要な人物たちがそれぞれ死んだ時期について記しました。この年号と月日を見ながら、読み進めていただきたいと思います。

夏目漱石『心』連載期間　一九一四・四・二〇〜八・一一
明治天皇（睦仁《むつひと》・一八五二〜一九一二）・〈七・三〇〉
昭憲皇太后（一八五〇〜一九一四）〈四・一一〉
乃木希典（一八四九〜一九一二）・静〈九・一三〉
「先生」＝「それから二、三日して」

さて、「私」と「先生」の関係については前章でお話ししましたが、「私」はしばしば「先生」と「奥さん」の生活している家に通って、いろいろな世間話をしたり、あるときは卒業論文の指導を乞うたりする、そういう家族的な付き合いが始まります。もちろん「先生」と「奥さん」は二人で暮らしていますから、「私」という青年はまるで息子のように「先生」の家に出入りをしていたわけです。そこで「私」という青年が「先生」に疑問を投げかけ、そのやりとりから「先生」がいったい何にこだわっているのかが次第に見えてくることになります。

だいじなことは、『心』という小説では最初から、「先生」はこの世にいないということが「私」という青年によって繰り返し読者に明らかにされていることです。例えば、第四章では、このようなくだりがあります。（p14・7）

私は若かった。けれども凡《すべ》ての人間に対して、若い血がこう素直に働こうとは思わなかった。私は何故先生に対してだけこんな心持が起るのか解《わか》らなかった。それが先生の亡くなった今日《こんにち》になって、始めて解って来た。

これは「先生」を訪れる前のこととして書かれており、「先生」がすでにこの世にいなくなって改めて考え直し、「先生」に対してどうしてこんなに親近感を持ったのかが解ってきた、という言い方になっています。第Ⅰ章でお話しした通り、『心』という小説は、『彼岸過迄』『行人』と同じように短編を積み重ねて長編を創《つく》るという方法で書かれていましたので、新聞連載のときには「心」という題があって、次に「先生の遺書」という最初の短編の題名があり、この形で結局一一〇回まで続いていくのですから、その題名から「先生」はもうこの世にいないということが読者にわかっている形になっているわけです。そして、東京の家に出入りするようになって、「先生」と「奥さん」との間に特別な恋愛関係があったのではないかということを「私」が推理するなかで、次のようなくだりがあります。（p34・8）

私の仮定は果して誤まらなかった。けれども私はただ恋の半面だけを想像に描《えが》き得たに過ぎない。先生は美くしい恋愛の裏に、恐ろしい悲劇を持っていた。そうしてその悲劇のどんなに先生に取って見惨《みじめ》なものであるかは相手の「奥さん」にまるで知れていなかった。「奥さん」は今でもそれを知らずにいる。先生はそれを「奥さん」に隠して死んだ。先生は奥さんの幸福を破壊する前に、先《ま》ず自分の生命を破壊してしまった。

具体的には書かれていませんが、この表現で、隠していた過去の秘密をそのまま「奥さん」に知らせることなく自ら命を絶ったのではないか、という「先生」の自殺のいきさつを読者は読み取ることができます。

このように自殺の事実が十二章、つまり連載が始まってまだ二週間も経っていない時点で、読者には告知されているのです。『心』の連載は、先に示しましたように、一九一四年四月二〇日から八月一一日までですから、五月に入ったところで「先生」は自らの過去を封印したまま命を絶つ、ということが読者には知らされることになります。

こうして「私」という青年が「先生」に関心を強く持つようになるのは、「私」という青年が何度か過去に疑惑を感ずるようなことを「先生」から言われ、同時に「奥さん」も「先生」がどうして亡くなったかわからないと「私」に疑問をぶつける、という経緯があるからです。

あるとき、友人がやってくるということで「先生」は夜外出します。その留守番に「私」という青年が呼ばれ、そのとき「奥さん」が「私」という青年に、「先生」の過去でわからないことがある、どうしてあのように社会との交渉を絶ってしまったのかと、問いかけられます。つまり「先生」はなんら仕事をしていないわけです。なぜ仕事をしてないのに生活が成り立ったのかについては、後になってお話ししますが、「奥さん」は「私」という青年に「あなた、どう思って」と訊くのです。「私」という青年はしばしば、「奥さん」の知らないところで「先生」からいろいろな話を聞いていましたから、「先生」がああなったのは誰のせいなのか、それを「奥さん」は「私」に尋ねるのです。十九章です。（p51・15）

「あなた、どう思って?」と聞いた。「私からああなったのか、それともあなたのいう人世観《じんせいかん》とか何とかいうものから、ああなったのか。隠さずいって頂戴《ちょうだい》」

私は何も隠す気はなかった。けれども私の知らないあるものが其所に存在しているとすれば、私の答が何であろうと、それが奥さんを満足させるはずがなかった。そうして私は其所に私の知らないあるものがあると信じていた。

「私には解《わか》りません」

奥さんは予期の外《はず》れた時に見る憐《あわ》れな表情をその咄嗟《とっさ》に現わした。私はすぐ私の言葉を継ぎ足した。

「しかし先生が奥さんを嫌っていらっしゃらない事だけは保証します。私は先生自身の口から聞いた通りを奥さんに伝えるだけです。先生は嘘《うそ》を吐《つ》かない方《かた》でしょう」

奥さんは何とも答えなかった。しばらくしてからこういった。

「実は私、少し思いあたる事があるんですけれども……」

「先生があういう風《ふう》になった原因《げんいん》についてですか」

「ええ。もしそれが原因だとすれば、私の責任だけではなくなるんだから、それだけでも私大変楽になれるんですが、……」

「どんな事ですか」

奥さんはいい渋って膝《ひざ》の上に置いた自分の手を眺めていた。

「あなた判断して下すって。いうから」

「私にできる判断なら遣《や》ります」

「みんなはいえないのよ。みんないうと叱《しか》られるから。叱られない所だけよ」

私は緊張して唾液《つばき》を呑《の》み込んだ。

「先生がまだ大学にいる時分、大変仲の好《い》い御友達が一人あったのよ。その方《かた》が丁度卒業する少し前に死んだんです。急に死んだんです」

奥さんは私の耳に私語《ささや》くような小さな声で、「実は変死したんです」といった。それは「どうして」と聞き返さずにはいられないようないい方であった。

「それっ切りしかいえないのよ。けれどもその事があってから後《のち》なんです。先生の性質が段々変ってきたのは。何故《なぜ》その方が死んだのか私には解らないの。先生にも恐らく解っていないでしょう。けれどもそれから先生が変って来たと思えば、そう思われない事もないのよ」

「その人の墓ですか、雑司ヶ谷《ぞうしがや》にあるのは」

「それもいわない事になってるからいいません。しかし人間は親友を一人亡《な》くしただけで、そんなに変化できるものでしょうか。私はそれが知りたくって堪《たま》らないんです。だから其所《そこ》を一つ貴方《あなた》に判断して頂きたいと思うの」

これが連載一九日目の所で出てくるのです。つまり「先生」の独自なあり方というのは、遡《さかのぼ》ると「先生」が学生時代に、大学の友人の一人が急に死んだ、それも変死であった、ということに規定されている、と「奥さん」は考えているのです。どのような死に方をしたのか、読者にとっても「私」という登場人物にとっても気になるところですが、どうもそれから「先生」は変わっていった。これは具体的には語られていないことですが、この言い方だと、「先生」が月命日に通う雑司ヶ谷霊園のあのお墓は、その変死した友人の墓なのかもしれない。ここから『心』はある意味、謎解《なぞと》き型探偵《たんてい》小説的展開になっていきます。「私」という青年が探偵の役割をするのですが、しかし、単純に「先生」の過去をなぞろうということにはなっていきません。

そこに、この小説のもう一つの重要な構成要素である「病」の問題が出てきます。まず「私」という青年の父親が病気にかかります。二十一章でその様子が書かれています。（p56・3）

冬が来た時、私は偶然国へ帰えらなければならない事になった。私の母から受取った手紙の中に、父の病気の経過が面白くない様子を書いて、今が今という心配もあるまいが、年が年だから出来るなら都合して帰ってきてくれと頼むように付け足してあった。

父はかねてから腎臓《じんぞう》を病んでいた。中年以後の人にしばしば見る通り、父のこの病《やまい》は慢性であった。その代り要心さえしていれば急変のないものと当人も家族のものも信じて疑わなかった。現に父は養生の御蔭《おかげ》一つで今日《こんにち》までどうかこうか凌《しの》いで来たように客が来ると吹聴《ふいちょう》していた。その父が、母の書信によると、庭へ出て何かしている機《はずみ》に突然眩暈《めまい》がして引《ひ》ッ繰返《くりかえ》った。家内《かない》のものは軽症の脳溢血《のういっけつ》と思い違えてすぐその手当をした。後《あと》で医者からどうもそうではないらしい、やはり持病の結果だろうという判断を得て、始めて卒倒と腎臓病とを結び付けて考えるようになったのである。

冬休みが来るまでにはまだ少し間《ま》があった。私は学期の終りまで待っていても差支《さしつかえ》あるまいと思って一日二日そのままにして置いた。するとその一日二日の間に、父の寐《ね》ている様子だの、母の心配している顔だのが時々眼に浮かんだ。そのたびに一種の心苦しさを嘗《な》めた私は、とうとう帰る決心をした。国から旅費を送らせる手数《てかず》と時間を省くため、私は暇乞《いとまごい》かたがた先生の所へ行って、要《い》るだけの金を一時立て替えてもらう事にした。

つまり「私」という青年の所へ母親から手紙が来て、父親の「持病」の「腎臓」というのが大事な設定なのですが、それが思わしくないので、まだ冬休みに入らないけれど帰ってきてもらえないかと書いてあった。それで、手持ちのお金がなかったので「先生」の所でお金を借りて実家へ戻ろう、ということになります。お金を借りようというのですから当然、「私」という青年は「先生」と「奥さん」に自分の父親の病状を説明するわけです。するとご二人ともその病気についてよく知っているのです。「先生」はこう言います。(p57・終行)

「何遍《なんべん》も卒倒したんですか」と先生が聞いた。

「手紙には何とも書いてありませんが。――そう何度も引っ繰り返るものですか」

「ええ」

先生の奥さんの母親という人も私の父と同じ病気で亡くなったのだという事が始めて私に解った。

「どうせ六《む》ずかしいんでしょう」と私がいった。

「そうさね。私が代られれば代って上げても好《い》いが。――嘔気《はきけ》はあるんですか」

「どうですか。何とも書いてないから、大方《おおかた》ないんでしょう」

「吐気さえ来なければ大丈夫ですよ」と奥さんがいった。

私はその晩の汽車で東京を立った。

つまり、父親のかかったこの「腎臓」の病は、「先生」の「奥さん」の母親がかかった病気でもあるわけです。「先生」と「奥さん」が結婚して「先生」の「奥さん」の母親と一緒に生活をしていたのでしょうから、その病気の介護の経験をもっていて、この病気で死に至るプロセスはよくわかっているはずです。それで「奥さん」は「吐気さえ来なければ大丈夫」と言い、「先生」も「吐気」が「ある」かどうかを心配しているのです。そして「私」という青年は、実家の父と母の許《もと》へ帰っていろいろ聞くわけですが、とりあえず大丈夫だということで、正月明けには東京に戻って、「先生」にそのことを報告します。二十四章で、その報告の場面は、次のように書かれています。（p63・終行）

二人とも父の病気について、色々掛念《けねん》の問を繰り返してくれた中に、先生はこんな事をいった。

「なるほど容体《ようだい》を聞くと、今が今どうという事もないようですが、病気が病気だからよほど気をつけないと不可《いけ》ません」

先生は腎臓《じんぞう》の病《やまい》について私の知らない事を多く知っていた。

「自分で病気に罹《かか》っていながら、気が付かないで平気でいるのがあの病の特色です。」

つまり、「先生」の「奥さん」の母親がこの腎臓の病にかかっていたのですから「先生」はとてもこの病気に詳しい、という設定です。しかも持病でかなり長い腎臓の病について「先生」も「奥さん」も詳しく、「私」は初めてそれを知らされたので、いろいろ教わっているわけです。

この腎臓病の話をしているときに「先生」から気になる言葉が出てきます。同じ章です。「先生」はこう付け足します。（p64・終行）

「しかし人間は健康にしろ病気にしろ、どっちにしても脆《もろ》いものですね。いつどんな事でどんな死にようをしないとも限らないから」

「先生もそんなことを考えて御出《おいで》ですか」

「いくら丈夫の私でも、満更《まんざら》考えないでもありません」

先生の口元には微笑の影が見えた。

「よくころりと死ぬ人があるじゃありませんか。自然に。それからあっと思う間《ま》に死ぬ人もあるでしょう。不自然な暴力で」

「不自然な暴力って何ですか」

「何だかそれは私にも解《わか》らないが、自殺する人はみんな不自然な暴力を使うんでしょう」

「すると殺されるのも、やはり不自然な暴力の御蔭《おかげ》ですね」

「殺される方はちっとも考えていなかった。なるほどそういえばそうだ」

その日はそれで帰った。帰ってからも父の病気の事はそれほど苦にならなかった。「先生」のいった自然に死ぬとか不自然の暴力で死ぬとかいう言葉も、その場限りの浅い印象を与えただけで、後《あと》は何らのこだわりを私の頭の中に残さなかった。私は今まで幾度《いくたび》か手を着けようとしては手を引っ込めた卒業論文を、いよいよ本式に書き始めなければならないと思い出した。

「私」という青年は大学の卒業の時期を迎えていて、卒業論文を書くことに専念するために、この気になる言葉は忘れていました。でも、あえていま思い起こしてこれを書きつけているということは、この「先生」とのやりとり、とりわけ「不自然な暴力」という言い方のなかに、「奥さん」がかつて心配していた学生時代の友人の変死ということとつながる何かに、突然思いを馳《は》せることになるわけです。

そして、この年の六月に卒業する「私」という青年は、いろいろ苦労しながらも「先生」の援助を受けて卒業論文を書き終えます。気持ちが晴れたところで、「先生」と東京の緑のきれいな五月の郊外を散歩することになります。そこで、「先生」から気になる一言を聞きます。父親が病気であるならば父親の財産の処分について予めきちんとしておかなければいけない、というのです。「私」という青年にとっては、それはとても不思議なことでした。「先生」は「金を見るとどんな君子でもすぐ悪人になるのさ」と忠告をして、とても昂奮《こうふん》した様子を示すのです。それを気にした「私」は、いったいどうしてそんなことにこだわるのかと訊くと、「先生」はこう告白をします。三十章の最後の所です。（p80・13）

「私は他《ひと》に欺《あざ》むかれたのです。しかも血の続いた親戚《しんせき》の者から欺かれたのです。私は決してそれを忘れないのです。私の父の前では善人であったらしい彼らは、父の死ぬや否《いな》や許しがたい不徳義漢に変ったのです。私は彼らから受けた屈辱と損害を小供のときから今日《きょう》まで背負《しょ》わされている。恐らく死ぬまで背負わされ通しでしょう。私は死ぬまでそれを忘れる事が出来ないんだから。しかし私はまだ復讐《ふくしゅう》をしずにいる。考えると私は個人に対する復讐以上の事を現に遣っているんだ。私は彼らを憎むばかりじゃない、彼らが代表している人間というものを、一般に憎む事を覚えたのだ。私はそれで沢山だと思う」

私は慰藉《いしゃ》の言葉さえ口に出せなかった。

「先生」は、自分の父親が死ぬとき自分の親類縁者《えんじゃ》たちが屈辱《くつじょく》と損害を自分に与えたからそのことを今でも恨んでいる、ということを「私」という青年に激しく告白します。この「先生」のひとことが「私」にとってはとても気になったため、「あのとき何故先生はあんなに興奮されたのですか。ぜひそのわけを教えてください」と頼み込みます。すると「先生」は、「私の過去を計《あば》いてもですか」と非常に強い調子で問いただします。（p82・16）

計《あば》くという言葉が、突然恐ろしい響《ひびき》を以《もっ》て私の耳を打った。私は今私の前に坐《すわ》っているのが、一人の罪人《ざいにん》であって、不断から尊敬している先生でないような気がした。先生の顔は蒼《あお》かった。

「あなたは本当に真面目なんですか」と先生が念を押した。「私は過去の因果で、人を疑《うたぐ》りつけている。だから実はあなたも疑っている。しかしどうもあなただけは疑りたくない。あなたは疑るには余りに単純すぎるようだ。私は死ぬ前にたった一人で好《い》いから、他《ひと》を信用して死にたいと思っている。あなたはそのたった一人になれますか。なってくれますか。あなたははらの底から真面目ですか」

「もし私の命が真面目なものなら、私の今いったことも真面目です」

私の声は震えた。

「よろしい」と先生がいった。「話しましょう。私の過去を残らず、あなたに話して上げましょう。その代り……。いやそれは構わない。しかし私の過去はあなたにとってそれほど有益でないかも知れませんよ。聞かない方が増《まし》かも知れませんよ。それから、――今は話せないんだから、そのつもりでいて下さい。適当の時機が来なくちゃ話さないんだから」

私は下宿へ帰ってからも一種の圧迫を感じた。

これが三十一章の末尾です。「先生」が何か秘密を抱えていて、いずれ時機が来たら「私」という青年に全部話す、という約束をするのです。そして、卒業論文が認められ、卒業式に出て、「私」という青年は故郷に帰ることになります。

故郷に帰るにあたって、「先生」と「奥さん」が送別会を兼ねた卒業祝いの会を開いてくれます。その卒業祝いの会のときに、「私」という青年にとってとても気になる会話が「先生」と「奥さん」の間で交わされることになります。この場面で読者には初めて「奥さん」の名前、固有名が明かされることにもなるのです。二人は「私」の父の病気のことを心配して、こんな会話を交わします。三十四章です。（p90・1）

「そんなに容易《たやす》く考えられる病気ではありませんよ。尿毒症《にょうどくしょう》が出ると、もう駄目なんだから」

尿毒症という言葉も意味も私には解《わか》らなかった。この前の冬休みに国で医者と会見した時に、私はそんな術語をまるで聞かなかった。

「本当に大事にして御上げなさいよ」と奥さんもいった。「毒が脳へ廻《まわ》るようになるともうそれっきりよ、あなた。笑い事じゃないわ」

無経験な私は、気味を悪がりながらも、にやにやしていた。

「どうせ助からない病気だそうですから、いくら心配したって仕方がありません」

「そう思い切りよく考えれば、それまでですけれども」

奥さんは昔同じ病気で死んだという自分の御母《おかあ》さんの事でも憶《おも》い出したのか、沈んだ調子でこういったなり下を向いた。私も父の運命が本当に気の毒になった。

すると先生が突然奥さんの方を向いた。

「静《しず》、御前はおれより先に死ぬだろうかね」

「何故《なぜ》」

「何故でもない、ただ聞いて見るのさ。それとも己《おれ》の方が御前より前に片付くかな。大抵世間じゃ旦那《だんな》が先で細君《さいくん》が後へ残るのが当り前のようになってるね」

「そう極《きま》った訳でもないわ。けれども男の方《ほう》はどうしても。そら年が上でしょう」

「だから先へ死ぬという理屈《りくつ》なのかね。すると己は御前より先にあの世に行かなくっちゃならない事になるね」

「あなたは特別よ」

「そうかね」

「だって丈夫なんですもの。殆んど煩《わずら》った例《ためし》がないじゃありませんか。そりゃどうしたって私の方が先だわ」

「先かな」

「え、きっと先よ」

先生は私の顔を見た。私は笑った。

「しかし、もしおれの方が先へ行くとするね。そうしたら御前どうする」

「どうするって……」

奥さんは其所《そこ》で口籠《くちごも》った。先生の死に対する想像的な悲哀が、ちょっと奥さんの胸を襲ったらしかった。けれども再び顔をあげた時は、もう気分を更《か》えていた。

「どうするって、仕方がないわ、ねえあなた。老少不定《ろうしょうふじょう》っていう位だから」

奥さんはことさらに私の方を見て、笑談《じょうだん》らしくこういった。

ここでだいじなのは、「先生」が「奥さん」に「静」という固有名で呼びかけるところです。この「静」という固有名は、このあとのフィクショナルな小説においても重要ですし、現実の歴史的事実との照合としての意味合いも持っています。この三十四章は連載が始まった四月二〇日から一か月少し経っているわけですから、五月の末ごろです。東京・大阪の朝日新聞で『心』の連載を毎日読んでいた同時代の読者にとって、「尿毒症」という病名の三文字と連動して、極めて強い印象を与えたはずだからです。それが明かされるのは、単行本では「中」の「両親と私」という章にあたります。

帝国大学を卒業して証書を持って、「私」は故郷へ帰ります。当時は帝国大学を卒業するのはエリートの象徴でした。息子に帝国大学を卒業させたということは、学費もかかりますから、親にとってとっても名誉なことでした。「私」の故郷は田舎《いなか》ですから、周りの人たちを呼んで帝大卒業祝いをやろうかという話が父から出るわけです。「私」としてはそんなことやらなくていいよ、ともめたときに、次のような事態が起こります。それは、読者がこの『心』という小説を読んでいる新聞を、まさに作中人物自身が読むことでもたらされる情報です。

「中」第三章の末尾の所です。「私」の卒業祝いの日取りがまだ決まらない頃のことです。（p104・8）

> その日取のまだ来ないうちに、ある大きな事が起った。それは明治天皇《めいじてんのう》の御病気の報知であった。新聞紙ですぐ日本中へ知れ渡ったこの事件は、一軒の田舎家のうちに多少の曲折を経て漸《ようや》く纏《まと》まろうとした私の卒業祝を塵《ちり》の如くに吹き払った。
> 「まあ御遠慮申した方が可《よ》かろう」
> 眼鏡《めがね》を掛けて新聞を見ていた父はこういった。父は黙って自分の病気の事も考えているらしかった。私はついこの間の卒業式に例年の通り大学へ行幸《ぎょうこう》になった陛下を憶《おも》い出したりした。

まさにここで明治天皇が病気であることが新聞で知らされることになります。この新聞報道のあった日ははっきりと日付が歴史のなかで特定できるわけです。

明治が終わるのは一九一二年ですから、その直前です。明治天皇の病状がかなり悪化した七月二〇日の段階で、七月一三日から病状が急激に悪化したという報道がなされます。最初号外が二〇日に出され、翌日の新聞で全国的に報道されました。それから二年後ですが、『心』というフィクショナルな小説のなかに、このことが登場するわけです。多くの日本人が天子様と言ってきた天皇の病状悪化についての新聞報道は、現実の多くの読者の深い記憶として刻まれていたはずです。では病状はどうなのかと、七月二〇日以降は連日のように、新聞社は明治天皇の医療に関わっているさまざまな人たちを取材し、競って情報を知らせることになります。

明治天皇の病気は、「私」という青年の父親と同じ病であり、「先生」の「奥さん」の会話とも同じで、尿毒症が最終の深刻な病になるという腎臓の病です。多くの場合、糖尿病《とうにょうびょう》を放置しておくことによって悪化する病ですが、明治天皇の持病も糖尿病でした。明治天皇は報道があってから一〇日後の三〇日に亡くなりますが、圧倒的多数の大日本帝国臣民にとって、この「尿毒症」という三文字は、連日のように新聞で報道された病名だったのです。そういう意味では、一九一二年七月末の一〇日間というのは、糖尿病の次の段階の尿毒症になると人間はどうなるのかということを、刻一刻一刻と迫りくる、明治天皇の病による死の報道によってそれを読んだすべての帝国臣民《しんみん》が知っており、『心』の読者もその記憶を思い出すことになるわけです。

それだけではありません。このことは、「先生」の家での「私」の卒業祝のときに、男のほうが大体年上なので先に逝《い》くよ、という「先生」と「静」という固有名で呼ばれた「奥さん」の話にもつながって行きます。尿毒症が悪化して亡くなった明治天皇の場合は、死後昭憲皇太后という名前を与えられるその妻の皇后、美子《はるこ》は年上でした。その昭憲皇太后が明治天皇と同じ病気にかかってしまい、『心』という小説の連載が始まる七月下旬の直前の一九一四年四月一一日に亡くなるのですが、この日まで昭憲皇太后の尿毒症の報道が、やはり明治天皇のときと同じように行われていたわけです。

ですから、二年前の明治天皇の死をめぐる糖尿病から尿毒症へという記憶と、つい一か月前の昭憲皇太后の病と死の情報に多くの新聞読者が触れているなかで、この『心』の連載が始まっているわけです。この辺りでもう一度、天皇の死の記憶と年上の妻皇太后の死の記憶が、腎臓を悪くするとどうなるのかという症状の変化と連動して、多くの読者のなかにその頃の記憶が蘇《よみがえ》ってくるのです。もちろん糖尿病の原因はいろいろあり、病は極めて個人的なものであったはずですが、明治天皇とその妻が同じ病にかかることによって、いわば大日本帝国臣民全体が共有する病気情報になっていたわけです。

新聞連載小説である『心』の登場人物である「私」の父親が、新聞で明治天皇の病状についての情報を読みながら、自らの身体にも同じ病が進行し、どういう症状が出れば死は近いのかが、刻一刻とわかるような状況に置かれていたわけです。ここに「病む」ことをテーマにした『心』という小説の大きな特徴が出てくるのです。

明治天皇の病が悪化して、卒業祝はとりやめになりますが、読者は当然、報道があった一〇日後に実際に亡くなった記憶を鮮やかに蘇らせるでしょう。加えて、明治天皇が亡くなって大葬が行われたその日に、乃木希典が自らの妻静を道連れにして殉死をしたのですから、「先生」の「奥さん」の名前が「静」であったことは、この記憶のスイッチを読者に押してもらって、当時の記憶を蘇らせることになっているわけです。

その場面は「中」の十二章に書かれています。父親が危篤《きとく》状態になって九州に行っていた兄が呼び戻され、妹のつれあいもやってきて父親の死を待つという状態のなかで、父親は新聞報道で御大葬の日に乃木希典が自ら命を絶ったことを知ります。（p125・17）

乃木大将《のぎたいしょう》の死んだ時も、父は一番さきに新聞でそれを知った。

「大変だ大変だ」といった。

何事も知らない私たちはこの突然な言葉に驚ろかされた。

「あの時はいよいよ頭が変になったのかと思って、ひやりとした」と後で兄が私にいった。

「私《わたし》も実は驚ろきました」と妹の夫も同感らしい言葉つきであった。

その頃《ころ》の新聞は実際田舎ものには日ごとに待ち受けられるような記事ばかりあった。私は父の枕元に坐って鄭嚀《ていねい》にそれを読んだ。読む時間のない時は、そっと自分の室《へや》へ持ってきて、残らず目を通した。私の眼は長い間、軍服を着た乃木大将とそれから官女《かんじょ》見たような服装《なり》をしたその夫人の姿を忘れる事は出来なかった。

悲痛な風が田舎の隅まで吹いて来て、眠たそうな樹《き》や草を震わせている最中《さいちゅう》に、突然私は一通の電報を先生から受取った。洋服を着た人を見ると犬が吠《ほ》えるような所では一通の電報すら大事件であった。それを受取った母は、果して驚いたような様子をして、わざわざ私を人のいない所へ呼び出した。

「何だい」といって、母は私の封を開くのを傍《そば》に立って待っていた。

電報には、ちょっと会いたいが来られるかという意味が簡単に書いてあった。私は首を傾げた。

「きっと御頼《おたの》もうして置いた口の事だよ」と母が推断してくれた。

私もあるいはそうかも知れないと思った。しかしそれにしては少し変だとも考えた。とにかく兄や妹の夫まで呼び寄せた私が、父の病気を打遣《うちゃ》って、東京へ行く訳には行かなかった。私は母と相談して、行かれないという返電を打つ事にした。出来るだけ簡略な言葉で父の病気の危篤《きとく》に陥りつつある旨《むね》も付け加えたが、それでも気が済まなかったから、委細《いさい》手紙として、細かい事情をその日のうちに認《した》ためて郵便で出した。頼んだ位地の事とばかり信じ切った母は、「本当に間《ま》の悪い時は仕方のないものだね」といって残念そうな顔をした。

これが「中」の第十二章の末尾です。次の十三章で、こう続きます。（p127・6）

私の書いた手紙はかなり長いものであった。母も私も今度こそ先生から何とかいって来るだろうと考えていた。すると手紙を出して二日目にまた電報が私宛《あて》で届いた。それには来ないでもよろしいという文句だけしかなかった。私はそれを母に見せた。

「大方《おおかた》手紙で何とかいってきて下さるつもりだろうよ」

母は何処《どこ》までも先生が私のために衣食の口を周旋してくれるものとばかり解釈しているらしかった。

この「私」という青年は、「先生」からちょっと来てくれないかという電報をもらったことがわかります。明治天皇の葬儀の日、号砲が鳴った瞬間に乃木希典が妻靜を道連れにして自ら命を絶ったという記事がこの翌日の新聞に載っているわけですから、はっきりと日付が刻まれているわけです。

既に記しましたように、明治天皇の葬儀は一九一二年の九月一三日に行われ、東京ではその晩に号外が出ています。しかし地方では、実際に新聞に載るのは翌日の一四日です。電報は当日に届きますから、「先生」は九月一四日に「私」という青年に「会いたい」という電報を打ったことになります。「洋服を着たものだけに犬は吠える」ということは、電報を配達する郵便局員は洋服を着ていますから、それで犬が吠えた、ということです。

明治という新しい国家をつくったときには、新聞という活字メディアだけでなく、前島密《ひそか》という重要な人物の肝いりで、郵便・電信、やがて電話のシステムが整備され、それを全て司っていたのが逓信省です。この逓信省の職員が電報を配達してきて、「私」は直ちに電報を打ち返しました。電報は電信ですから、どんな時間帯であっても当日配達されるようになっていました。詳しいことはそれでは触れられないので、「私」という青年は、詳細は手紙で記すとして、長い手紙を書いて送ったのです。つまり電報を出した翌日に手紙を送った、届くのは手紙を出して二日目ですから、出した日、翌日、次の日と、日付が全て辿《たど》れるわけです。つまり、九月一三日に乃木希典が殉死し、その報道が新聞に載ったのが一四日、翌日が一五日ですから、九月一六日か一七日あたりに「先生」が来ないでよろしいという電報を打ったということになります。しかし「私」という青年は、自分が書いたあの長い手紙は届いてないのではないか、と思っているのです。母親に「とにかくあの手紙はまだ向うへ着いていないはずだから、この電報はその前に来たものに違いないですね」とわざわざ確認する、この設定が重要です。

何故かと言うと、このあとしばらくして、「先生」から長い手紙が届きます。そしてそこには次のように書かれていました。(p138・16)

「あなたから過去を問いただされた時、答える事の出来なかった勇気のない私は、今あなたの前に、それを明白に物語る自由を得たと信じます。しかしその自由はあなたの上京を待っているうちにはまた失われてしまう世間的の自由に過ぎないのであります。従って、それを利用出来る時に利用しなければ、私の過去をあなたの頭に間接の経験として教えて上げる機会を永久に逸するようになります。そうすると、あの時あれほど堅く約束した言葉がまるで嘘《うそ》になります。私はやむをえず、口でいうべき所を、筆で申し上げる事にしました」

つまり「先生」は、本当は「私」という青年に直接話そうと思ったのですが、話すためには「私」が東京に戻って対面しなければなりません。「私」という青年を東京に呼び出すために「先生」は電報を打ったのですが、来られないということだったので、対面形式で口で言うべきはずのところを、手紙にしたためるしかなかったのです。それが結果として「先生の遺書」になったわけです。まさに「私」という青年が、電報を受け取って即東京に行かなかったという九月一四日の判断が、「先生」の自殺の決断の引き金を引いてしまったということになります。しかも、明治天皇の葬儀の日に号砲が鳴った瞬間に乃木希典が、「先生」の妻「静」と同じ名前の妻を道連れにして命を絶った、その一両日の問題がここに集約されているわけです。

ここに『心』という小説のもっとも大切な特性を見ることができます。フィクショナルな小説のなかの時間の流れが現実の歴史的な時間の流れと重なり合い、明治という時代の終わりを告げる事態と絡む刻一刻が、「先生」の死の決意と結びついているという設定なわけです。

「先生」からの手紙、「遺書」を受け取った直ぐ後、「私」という青年はこの遺書を懐《ふところ》に入れ、危篤状態の父親を事実上見捨てる形で東京へ向かいます。そして東京に向かう汽車のなかで、あらためて「先生」から送られてきた長い手紙を、すなわち「先生の遺書」と名付けられることになる手紙を読み直すことになります。その「私」が読む過程と重ねるように、「先生の遺書」として「下」に分類された「先生」の「私」への手紙は、毎章必ず「（カッコ）が付けられて引用だということが明示されていますが、章の終わりには引用符の終わりである　」（閉じカッコ）は付けられていません。章の始まりには必ず　「　が付けられるということは、「私」という青年が、事後的に「先生」の遺書を「を付けて書き直しているという設定になっているわけです。そして、この遺書の最後だけに　」が付けられて、引用と同時に小説そのものが閉じられていくのです。

その遺書の最後の部分に書かれているのが、乃木希典が殉死する前後の決断の問題です。「下」の五十六章、つまり最終章で「先生」は次のように書いています。（p274・2）

私は新聞で乃木大将の死ぬ前に書き残して行ったものを読みました。西南戦争《せいなんせんそう》の時敵に旗を奪《と》られて以来、申し訳のために死のう死のうと思って、つい今日《こんにち》まで生きていたという意味の句を見た時、私は思わず指を折って、乃木さんが死ぬ覚悟をしながら生きながらえて来た年月《としつき》を勘定して見ました。西南戦争は明治十年ですから、明治四十五年までには三十五年の距離がありのます。乃木さんはこの三十五年の間《あいだ》死のう死のうと思って、死ぬ機会を待っていたらしいのです。私はそういう人に取って、生きていた三十五年が苦しいか、また刀を腹へ突き立てた一刹那《いっせつな》が苦しいか、どっちが苦しいだろうと考えました。

それから二、三日して、私はとうとう自殺する決心をしたのです。私に乃木さんの死んだ理由が能《よ》く解《わか》らないように、貴方《あなた》にも私の自殺する訳が明らかに呑《の》み込めないかも知れませんが、もしそうだとすると、それは時勢の推移から来る人間の相違だから仕方がありません。あるいは箇人《こじん》の有《も》って生れた性格の相違といった方が確《たし》かも知れません。私は私の出来る限りこの不可思議な私というものを、貴方に解らせるように、今までの叙述で己《おのれ》れを尽《つく》したつもりです。

「先生」は乃木希典の自殺したその遺書の写真が新聞に載せられたことをまず書いていますから、これは一九一二年の九月一四日のことになるわけです。それから「二、三日して」というのは九月一六日か一七日あたりで、「先生」は「自殺」する決心をしたのです。「私」に「話したい」という電報を打ったときには、きっと「先生」もまだ自殺の決心はしていなかったでしょう。「私」という青年が「行くことができない」という電報を打ち、その事情を長い手紙に書いて説明しました。では「先生」は長い手紙を読んでいなかったのか。それは「下」「先生と遺書」の冒頭で、長い手紙を「先生」が読んだうえで、遺書を書き始めていたことが明らかにされているのです。（p144・9）

その後《ご》私はあなたに電報を打ちました。有体《ありてい》にいえばあの時私はちょっと貴方に会いたかったのです。それから貴方の希望通り私の過去を貴方のために物語りたかったのです。貴方は返電を掛けて、今東京へは出られないと断って来ましたが、私は失望して永らくあの電報を眺めていました。あなたも電報だけでは気が済まなかったと見えて、また後から長い手紙を寄こしてくれたので、あなたの出京《しゅっきょう》出来ない事情が能く分りました。私はあなたを失礼な男だとも何とも思う訳がありません。貴方の大事な御父《おとう》さんの病気をそっち退《の》けにして、何であなたが宅を空《あ》けられるものですか。その御父さんの生死《しょうし》を忘れているような私の態度こそ不都合です。──私は実際あの電報を打つ時に、あなたの御父さんの事を忘れていたのです。そのくせ、あなたが東京にいる頃《ころ》には、難症《なんしょう》だからよく注意しなくっては不可《いけな》いと、あれほど忠告したのは私ですのに。私はこういう矛盾な人間なのです。あるいは私の脳髄《のうずい》よりも、私の過去が私を圧迫する結果こんな矛盾な人間に私を変化させたのかも知れません。私はこの点においても充分私の我《が》を認めています。あなたに許してもらわなくてはなりません。

あなたの手紙、──あなたから来た最後の手紙──を読んだ時、私は悪い事をしたと思いました。それでその意味の返事を出そうと考えて、筆を執りかけましたが、一行も書かずに已《や》めました。どうせ書くなら、この手紙を書いて上げたかったから、そうしてこの手紙を書くにはまだ時機が少し早過ぎたから、已めにしたのです。私がただ来るに及ばないという簡単な電報を再び打ったのは、それがためです。

これは「下」の第一章です。

「先生」は「私」からの「長い手紙」を読んだうえで、来なくていいという電報を打ったのです。ということは、故郷の母親とやりとりしていた「私」という青年の判断は間違っていたことになります。この一瞬の誤認が、「先生」の自殺を止めることができなかった「私」という青年に、大きな責任としてのしかかってくるのです。

第III章　先生の両親と腸チフス

新型コロナウイルス感染は三月に入って一気に顕在化《けんざい》しましたが、政府は四月一六日に全都道府県に緊急事態宣言を発し、五月六日に解除される予定でしたが基準が不明確のまま延長され、五月二五日に全面解除されました。この間の経過を見て感じることは、日本の政府の対応の無責任な在り方です。初期段階では東京オリンピックをこの夏開催するかどうかにもっぱら焦点が当てられ、その後の重要な局面でも然るべき判断をしないまま、多くの国民が感染の危機にさらされ続けてきたということを、私たちは見据えなければなりません。

同時に、安倍晋三政権がとってきたこの間の路線それ自体が、「新型コロナウイルス禍」というべき事態を招来している、ということもはっきり見えてきました。アメリカのトランプ政権は、中国の責任だと繰り返し批判してきましたが、アメリカ自体は世界で最も多い感染者を抱え、医療の対応もきわめて不十分でした。このことは、アメリカが世界で最大の軍事力を誇りながら、軍事力では国民の命は守れないということをはっきりと示したものです。安倍政権は、そのアメリカからF35ステルス戦闘機百五機を買いこむことを約束し、今回の予算案には既に一〇機分の購入が盛り込まれています。しかしそれを返上して国民の医療に充てるという措置は一切とりませんでした。

一方韓国の文在寅《ムンジェイン》政権は、早くから新型コロナウイルスの感染が拡大しながらも、国民との信頼関係をもとに収拾《しゅうしゅう》対応を徹底して行い、感染の拡大を抑えこむことにほぼ成功し、再び人々が街に出て旅行もする状態をいち早く作り上げました。その韓国では、アメリカからステルス戦闘機をはじめとした武器を買いこむ予算を大きく削減し、そのために予定されていた国家予算をコロナ対策に充てるという英断をしています。今回のコロナウイルスに対して各国の政権がどう対応したのか、また近代においてそれぞれの国家が感染症にどのように対応をしてきたのか、そうした歴史それ自体が改めて問われていると思います。

この『心』という小説の「先生」という登場人物が生きた時代は、まさに戦争と感染症が一体となった時代でした。しかも、韓国に対する植民地的な支配を大日本帝国が仕掛けていく発端となった、日清戦争と結びついて展開していきます。こうした時代状況について今回はお話ししますので、現在の私たちが生きている状況と、百年以上前の『心』の世界とを応答させながら、みなさんも想像力を働かせてお読みいただければと思います。

第二回でも触れましたが、「先生」は「私」という青年に、自分が大きく性格を変えることになったのは学生時代だった、ということを最初に告白します。それは、「先生」の父と母が連続して亡くなったことに関係していますが、その死因が伝染病だったわけです。「下」の第三章で、「先生」は「私」に次のように告白しています。（p147・14）

私が両親を亡《な》くしたのは、まだ私の廿歳《はたち》にならない時分でした。何時《いつ》か妻《さい》があなたに話していたようにも記憶していますが、二人は同じ病気で死んだのです。しかも妻が貴方《あなた》に不審を起させた通り、殆《ほと》んど同時といって可《い》い位に、前後して死んだのです。実をいうと、父の病気は恐るべき腸窒扶斯《ちようチフス》でした。それが傍《そば》にいて看護をした母に伝染したのです。

私は二人の間に出来たたった一人の男の子でした。宅《うち》には相当の財産があったので、むしろ鷹揚《おうよう》に育てられました。私は自分の過去を顧みて、あの時両親が死なずにいてくれたなら、少なくとも父か母かどっちか、片方で好《い》いから生きていてくれたなら、私はあの鷹揚な気分を今まで持ち続ける事が出来たろうにと思います。

私は二人の後《あと》に茫然《ぼうぜん》として取り残されました。私には知識もなく、経験もなく、また分別もありませんでした。父の死ぬ時、母は傍にいる事が出来ませんでした。母の死ぬ時、母には父の死んだ事さえまだ知らせてなかったのです。母はそれを覚《さと》っていたか、または傍《はた》のもののいう如く、実際父は回復期に向かいつつあるものと信じていたか、それは分りません。母はただ叔父《おじ》に万事を頼んでいました。其所《そこ》に居合《いあわ》せた私を指さすようにして、「この子をどうぞ何分《なにぶん》」といいました。私はその前から両親の許可を得て、東京へ出るはずになっていましたので、母はそれもついでにいうつもりらしかったのです。それで「東京へ」とだけ付け加えましたら、叔父がすぐ後《あと》を引き取って、「よろしい決して心配しないがいい」と答えました。母は強い熱に堪え得る体質の女なんでしたろうか。叔父は「確《しつ》かりしたものだ」といって、私に向って母のことを褒《ほ》めていました。しかしこれが果して母の遺言であったのかどうだか、今考えると分らないのです。母は無論父の罹《かか》った病気の恐るべき名前を知っていたのです。そうして、自分がそれに伝染していたことも承知していたのです。けれども自分はきっとこの病気で命を取られるとまで信じていたかどうか、其所になると疑う余地はまだ幾何《いくら》でもあるだろうと思われるのです。

母親は死に際に、叔父さんに「東京へ」という一言を残した。これは当時の日本の教育、とりわけ高等教育システムについて考えなければなりませんが、東京へ出るということは東京にある第一高等学校に進学するということです。明治時代の教育制度においては、中学校から高等学校に進学する際の受験競争が最も厳しいもので、受験勉強の途中で病気になったり、死者まで出すような事態さえありました。そして、高等学校に入学し卒業すればそのまま帝国大学へ進学できる、というのが学歴エリートになる道筋でした。ですから、ここで具体的な説明ぬきに「東京へ」ということは、厳しい受験競争に勝ち抜いて、田舎の中学校から第一高等学校への進学を決めたということです。これが、父母が連続して死ぬときの「先生」の状況だったということが、明治の読者にははっきりと解る形になっていたわけです。

でも「先生」は、母親が、東京へ「行かせてくれ」と叔父に頼んだのか、その逆に「東京へは行かせないでほしい」と頼んだのかはわかりませんでした。それはこのあと母親の言葉が途切れたからで、その相反する解釈のなかに引き裂かれているということを、「私」という青年に告白しているのです。

「先生」の父親と母親が感染していたのは腸チフスです。腸チフスが大きく日本で流行したのは、日清戦争と日露戦争のとき、戦地で腸チフス菌に感染した兵士たちが日本に傷病兵《しょうびょうへい》として戻ってきて治療を受ける、その過程で感染が広がったからです。漱石の『それから』という小説においても、主人公代助の友人の兄と妹が登場しますが、二人は東京帝国大学医学部の傍に住んでいます。その母が東京へ出てきたときに腸チフスに感染し、兄も感染してしまう、ということがドラマの一つの中心になっていました。

社会的に外へ出歩いたりするのは男性ですから、『心』の「先生」の父親がまず感染し、その父親を看病している間に母親が家庭内感染をし、「先生」を置いて二人とも死んでしまった。それで叔父さんが「先生」の面倒を見ることになり、ここから「先生」の歪んだ人生が始まり、それまでは鷹揚だった性格が変わってしまったと、「先生」は「私」という青年に伝えているわけです。

では、父と母の死後どうなったのでしょうか。「先生」は東京に出たわけですから、第四章では、「私は東京へ来て高等学校へ這入りました」と進学を報告しています。(p150・5)

そして、当時は九月始まりでしたから夏休みは長い休暇であり、多くの学生たちは帰省します。第五章では、「先生」の初めての帰省について語られ、そこで叔父さんという人がどういう人だったのかが紹介されています。(p152・8)

「私が夏休みを利用して初めて国へ帰った時、両親の死に断えた私の住居《すまい》には、新らしい主人として、叔父《おじ》夫婦が入れ代って住んでいました。これは私が東京へ出る前からの約束でした。たった一人取り残された私が家にいない以上、そうでもするより外《ほか》に仕方がなかったのです。

叔父はその頃《ころ》市にある色々な会社に関係していたようです。業務の都合からいえば、今までの居宅《きょたく》に寐起《ねおき》する方が、二里《り》も隔《へだた》った私の家に移るより遥《はる》かに便利だといって笑いました。これは私の父母が亡くなった後《あと》、どう邸《やしき》を始末して、私が東京へ出るかという相談の時、叔父の口を洩《も》れた言葉であります。

当時も続いていた江戸時代の長子相続の慣行に従って、土地その他いちばん重要な財産は長男である「先生」の父が相続しており、相続ができなかった弟の叔父さんは、自らの商才を活かして様々な会社をやっていました。それで、「先生」の父と母が連続して死んだあと、本来は「先生」が相続すべき屋敷に叔父一家が移り住んでいました。こうした事情が一年目の秋にわかります。

そして、二年目の夏に叔父から結婚が提案されます。しかもそれは、叔父の娘、つまり「先生」の従妹との結婚を強く勧めるものでした。第六章で、「先生」はこう語っています。（p155・13）

叔父のいう所は、去年の勧誘を再び繰り返したのみです。理由も去年と同じでした。ただこの前勧《すす》められた時には、何らの目的物がなかったのに、今度はちゃんと肝心《かんじん》の当人を捕《つら》まえていたので、私はなお困らせられたのです。その当人というのは叔父の娘即ち私の従妹《いとこ》に当たる女でした。その女を貰《もら》ってくれれば、御互《おたがい》のために便宜である、父も存生中《ぞんしょうちゅう》そんな事を話していた、と叔父がいうのです。私もそうすれば便宜だとは思いました。父が叔父にそういう風《ふう》な話をしたというのもあり得べき事と考えました。しかしそれは私が叔父にいわれて、始めて気が付いたので、いわれない前から、覚《さと》っていた事柄ではないのです。

高等学校へ入って一年目の夏は、何となく結婚をすればとほのめかされましたが、二年目の夏休みに帰ってみると、今度は叔父の娘即ち従妹との結婚を勧められたわけです。当時は、従妹との結婚は近親婚ではありましたが、ごく普通に行われていました。日本の最初の近代小説と言われている二葉亭四迷の『浮雲』も、従妹との結婚がだいじなテーマになっていました。

そして、三度目に帰省したとき、この結婚話がより一層強く打ち出されます。そこで「先生」は、叔父の措置に対して疑いを抱くことになります。ここで、この小説の題名である〝心〟という言葉がキーワードとして続出することになります。（p158・5）

私の性分《しょうぶん》として考えずにはいられなくなりました。どうして私の心持がこう変ったのだろう。いやどうして向うがこう変ったのだろう。私は突然死んだ父や母が、鈍《にぶ》い私の眼を洗って、急に世の中が判然《はっきり》見えるようにしてくれたのではないかと疑いました。私は父や母がこの世にいなくなった後《あと》でも、いた時と同じように私を愛してくれるものと、何処《どこ》か心の奥で信じていたのです。尤《もっと》もその頃《ころ》でも私は決して理に暗い質《たち》ではありませんでした。しかし先祖から譲られた迷信の塊《かたまり》も、強い力で私の血の中に潜《ひそ》んでいたのです。今でも潜んでいるでしょう。

つまり、父母の愛情が、叔父さんの処置を疑わせるように自分の心に働きかけてきますが、ここで「心」という題名の言葉が出てくるのです。そして、そのような疑いを持ちながら、七章の最後ではこう語ります。（p159・7）

私が叔父の態度に心づいたのも、全くこれと同じなんでしょう。俄然《がぜん》として心づいたのです。何の予感も準備もなく、不意に来たのです。不意に彼と彼の家族が、今までとはまるで別物のように私の眼に映ったのです。

「先生」がこのときに「心づいた」ことが、このあとの「先生」の人生を規定していくことになります。叔父さんに財産をごまかされた、ということがここで明らかになります。第九章で、「先生」はこのようにいいます。（p161・15）

「一口《ひとくち》でいうと、叔父《おじ》は私の財産を誤魔化《ごまか》したのです。事は私が東京へ出ている三年の間に容易《たやす》く行なわれたのです。凡《すべ》てを叔父任せにして平気でいた私は、世間的にいえば本当の馬鹿でした。世間的以上の見地から評すれば、あるいは純なる尊《たっと》い男とでもいえましょうか。私はその時の己《おの》れを顧みて、何故《なぜ》もっと人が悪く生まれて来なかったかと思うと、正直過ぎた自分が口惜《くや》しくって堪《たま》りません。しかしまたどうかして、もう一度ああいう生まれたままの姿に立ち返って生きて見たいという心持も起るのです。記憶して下さい、あなたの知っている私は塵《ちり》に汚れた後《あと》の私です。きたなくなった年数の多いものを先輩と呼ぶならば、私はたしかに貴方《あなた》より先輩でしょう。

ここで、「遺書」を書き記している受け手としての「私」という青年に、「先生」から、叔父さんに財産をだましとられた、その後の私は「塵に汚れた後の私」であることを「記憶して下さい」という、直接の強い呼びかけがなされるわけです。

「先生」が高等学校に進学して東京で勉学生活を続けている間に、本来は「先生」の父親の所有であったところの土地その他が、ごまかされてしまった。おそらく叔父さんは、その土地を担保にお金を借り、その借金が返せなくなって、土地を手放すかどうかの問題になっていたのでしょう。しかし「先生」にとっては、本来は自分に所有権のある土地や財産なわけですから、そのことが差し迫った問題になりました。そして、叔父さんの娘と「先生」が結婚すれば、どちらの家の経済的問題なのかが曖昧になってしまいます。これで法的にはクリアできるわけですから、それを叔父さんは狙《ねら》っていた、ということがわかるわけです。ここでは、まだ明治民法が施行される前の時代だった、ということがだいじなのですが、これはまた後で詳しくお話しします。
では、どうしたのか。「先生」は高等学校で勉学を続けているわけですから、すべての処置を友人に頼みます。本来は自分が遺産相続で父親から譲り受けるはずの土地や家屋敷なのですから、その不動産を全て売却し、お金の形にして受け継げるようにしてほしい、と友人に依頼したのです。その結果が、「下」の九章の最後の段落にこう書かれています。（p163・12）

私の旧友は私の言葉通りに取計らってくれました。尤《もつと》もそれは私が東京へ着いてからよほど経《た》った後《のち》の事です。田舎《いなか》で畠地《はたち》などを売ろうとしたって容易には売れませんし、いざとなると足元を見て踏み倒される恐れがあるので、私の受け取った金額は、時価に比べるとよほど少ないものでした。自白すると、私の財産は自分が懐《ふところ》にして家を出た若干の公債と、後《あと》からこの友人に送ってもらった金だけなのです。親の遺産としては固《もと》より非常に減っていたに相違ありません。しかも私が積極的に減らしたのでないから、なお心持が悪かったのです。けれども学生として生活するにはそれで充分以上でした。実をいうと私はそれから出る利子の半分も使えませんでした。この余裕ある私の学生生活が私を思いも寄らない境遇に陥《おと》し入れたのです。

このあと、「先生」は「奥さん」とお嬢さんのいる家に下宿人として入り、そこに招き入れた「K」が自殺するという悲劇が起こるのですが、この事件のすべての中身は『心』という小説の「下」

に描かれます。そしてこれは、「先生」が学生生活時代に思いもよらない境遇になったことによって生じたわけです。

「先生」のこの問題の総括の仕方は、父親の財産をすべて現金に換え、「公債」と一緒に受け継ぐというものでした。「公債」とは今でいう国債のことです。今回のコロナウイルス問題をめぐる対応では、赤字国債を発行してそのお金で全てをまかない、それを日銀が背負うのだと言われていますが、それが「公債」です。「先生」がここで言う「公債」は、日清戦争の際に戦費調達のために発行された戦争公債のことです。もちろん「公債」にも利子が付きます。当然、土地や 家屋を売って得たお金は銀行に預けることになりますから、それにも利子が付きます。「先生」は、その「利子の半分も使」わないで大学に進学し、学費を支払い生活ができていたという設定です。つまり「先生」は利子生活者でした。利子生活者というのは、自分で働かなくてもいいわけですから、好き勝手なことができる人だということになります。ここに、『心』という小説がまさに近代資本主義の根幹を突いている小説である、ということにもなるわけです。その意味で言うと、近代小説の主人公の典型でもある、と言えなくもないでしょう。

ヨーロッパで近代小説、ノベルの最初だとされているのが、スペインのセルバンテスの書いた『ドン・キホーテ』です。ドン・キホーテは、自分が所蔵している『中世騎士道《きしどう》物語』を繰り返し読みふけって、頭のなかが完全に中世騎士道物語の世界になり、現実に起きる出来事全てを中世騎士道物語に置き換えて判断するような人になってしまい、サンチョ・パンサを連れて旅に出るわけです。

そのように、『中世騎士道物語』という活字印刷された書物を読み続けることができたということは、働かなくてもよかったからです。つまりドン・キホーテは利子生活者であったわけです。

ヨーロッパの多くの国で貨幣制度が導入され、銀行に預けたお金の利子だけで生活する人々が生まれたのです。この時期、ひとことで言えば、ヨーロッパがアメリカ大陸を発見し、そこから先住民族を殺して金銀財宝を略奪《りゃくだつ》し、それをヨーロッパに持ち帰ることによって、近代の貨幣制度が構築されたわけです。そうした銀行という制度と連動して、世界的な規模のグローバル資本主義の初期段階から、この利子生活者が生み出されたわけです。イギリスで留学生活を送った夏目漱石も、その事情はよくわかっていたと思います。なぜなら、大英帝国は、ポルトガルやスペインが大西洋を越えて新大陸から財宝を持ち帰ってくる艦船に対して、海賊《かいぞく》的な略奪行為をしながら肥え太ってきた帝国の一つだったからです。

もちろん、『心』の「先生」は、ドン・キホーテの場合より遥かに小規模だったと思いますが、利子によって生活ができました。しかもその半分で生活できたということですから、元金を取り崩さなくてもよかった。「先生」一人の場合には、利子の半分は元金に上乗せされていきますから預金は増えてゆき、利子の取り分も同時に増えていきます。元金を取り崩さずにもう一人がこの利子で生きていけるわけですから、そこに『心』という小説で悲劇が生じる経済的な前提があった、ということを、お気づきになったと思います。

さて、このような「先生」は、次にどうするか、「下」の十章で「先生」はこう言います。（p164・4）

「金に不自由のない私は、騒々《そうぞう》しい下宿を出て、新らしく一戸を構えて見ようかという気になったのです。しかしそれには世帯道具を買う面倒もありますし、世話をしてくれる婆《ばあ》さんの必要も起りますし、その婆さんがまた正直でなければ困るし、宅《うち》を留守にしても大丈夫なものでなければ心配だし、といった訳でちょくらちょいと実行する事は覚束《おぼつか》なく見えたのです。ある日私はまあ宅《うち》だけでも探して見ようかというそぞろ心《ごころ》から、散歩がてらに本郷台《ほんごうだい》を西へ下りて小石川《こいしかわ》の坂を真直《まっすぐ》に伝通院《でんずういん》の方へ上がりました。電車の通路になってからあそこいらの様子がまるで違ってしまいましたが、その頃は左手が砲兵工廠《ほうへいこうしょう》の土塀《どべい》で、右は原とも丘ともつかない空地《くうち》に草が一面に生えていたものです。私はその草の中に立って何心《なにごころ》なく向《むこう》の崖《がけ》を眺めました。今でも悪い景色ではありませんが、その頃はまたずっとあの西側の趣《おもむき》が違っていました。

ここに、〝心〟という言葉が二回出てきたことに、お気づきになったでしょうか。

東京の人にはわかり易い説明でしょうが、それ以外の人には若干説明が必要だと思います。この砲兵工廠というのは陸軍砲兵工廠があったところで、現在は後楽園ドームという読売巨人軍の球場があり、後楽園遊園地も付いています。傍に水戸光圀《みつくに》の有名な後楽園があったので、そういう名前がつきました。陸軍の武器のほとんどを生産する場所が陸軍砲兵工廠でしたから、大規模な戦争を遂行するための武器生産はここで行われ、そこで働く労働者たちもその周辺に住みついていました。

位置的に言うと、「先生」が通っていた第一高等学校は現在の東京大学の農学部の辺りにあり、本郷三丁目に近くに帝国大学と第一高等学校が立地していたわけです。「先生」が通っていたのはその地区であり、その本郷台から坂を下りていって、坂を下り切ると砲兵工廠ですから、その坂をもう一回伝通院のほうへ登っていくあたりに「先生」は家を探していた、ということになります。しかもこの当時はまだ、街路鉄道は通っていませんでした。この辺りに一軒家がないか探しているとき、駄菓子屋《だがしや》の婆《ばあ》さんに訊くと、素人下宿を紹介してくれるわけです。十章の第二段落です（p165・8）

それはある軍人の家族、というよりむしろ遺族、の住んでいる家でした。主人は何でも日清《につしん》戦争の時か何かに死んだのだと上さんがいいました。一年ばかり前までは、市ケ谷《いちがや》の士官《しかん》学校の傍《そば》とかに住んでいたのだが、厩《うまや》などがあって、邸《やしき》が広過ぎるので、其所《そこ》を売り払って、此所《ここ》へ引っ越して来たけれども、無人《ぶにん》で淋《さむ》しくて困るから相当の人があったら世話をしてくれと頼まれていたのだそうです。私は上さんからその家には未亡人《びぼうじん》と一人娘と下女《げじょ》より外《ほか》にいないのだという事を確かめました。私は閑静で至極《しごく》好かろうと心の中《うち》に思いました。けれどもそんな家族のうちに、私のようなものが、突然行ったところで、素性《すじょう》の知れない書生さんという名称のもとに、すぐ拒絶されはしまいかという掛念《けねん》もありました。私は止《よ》そうかとも考えました。しかし私は書生としてそんなに見苦しい服装《なり》はしていませんでした。それから大学の制帽を被《かぶ》っていました。あなたは笑うでしょう、大学の制帽がどうしたんだといって。けれどもその頃の大学生は今と違って、大分《だいぶ》世間に信用のあったものです。私はその場合この四角な帽子に一種の自信を見出《みいだ》した位です。そうして駄菓子屋の上さんに教わった通り、紹介も何もなしにその軍人の遺族の家《うち》を訪ねました。

私は未亡人に会って来意《らいい》を告げました。未亡人は私の身元やら学校やら専門やらについて色々質問しました。そうしてこれなら大丈夫だという所を何所《どこ》かに握ったのでしょう、何時《いつ》でも引越してきて差支《さしつかえ》ないという挨拶《あいさつ》を即坐《そくざ》に与えてくれました。未亡人は正しい人でした。また判然《はっきり》した人でした。私は軍人の妻君《さいくん》というものはみんなこんなものかと思って感服しました。感服もしたが、驚ろきもしました。この気性《きしょう》でどこが淋《さむ》しいのだろうと疑いもしました。

これが『心』という小説の後半のドラマに至る人間設定の第一段階ですが、当時の東京帝国大学で過ごした「先生」と、日露戦争後の明治天皇が死ぬ年に同じ東京帝国大学を卒業し、「先生」の遺書の受け手となる「私」という青年の、時代の落差がここで露《あら》わになっています。

日清戦争で戦死した軍人の妻、これを「未亡人」というのですが、今では使われなくなった差別語です。夫が死んで生き残っている妻のことを、「未だ亡くならない人」と書くのですから、ひどい言葉です。その「未亡人」と娘が、下女と一緒に、女だけの三人暮らしをしている、そこに「先生」が下宿人として入る、ということになります。

この経緯は、日清戦争という戦争と不可分に結びついています。日清戦争は、一八九四（明治二七）年から一八九五年（明治二八）年にかけて行われた戦争です。当たり前のことですが、日清戦争が始まって実際の戦闘にならないと軍人の戦死者は出ませんから、この伝通院の傍の「先生」が発見した素人下宿の女性が「未亡人」になるのは、一八九四年から九五年の二年間に限定されます。

この「未亡人」は、軍人である夫が生きていたときには、市ヶ谷に厩《うまや》付きの屋敷を持っていました。市ヶ谷には現在も防衛省がありますが、かつてはそこが防衛庁で、すぐ脇に自衛隊の駐屯地《ちゅうとんち》がありました。私が高校の二年生で、『心』という小説を現代国語の授業でやっていたその秋、三島由紀夫がそこで自決しています。その自決は一九七〇年の出来事ですから、今年はそれから五〇年になるという歴史的な年であることも改めて思い起こしていただきたいと思います。そこがなぜ市ヶ谷と呼ばれていたのかというと、「市が立つ谷」だからです。

江戸という町は、江戸城を高台に作り、それを守る大名や旗本が山城を築き、それがいま「山の手」と言われている所です。徳川家にゆかりの深い譜代《ふだい》大名の屋敷で、まず江戸城の周囲を固め、その周りを信頼できる各藩の大名屋敷が取り巻くという、全体が複合的な山城として防衛を固めていた軍事都市が江戸です。いま皇居があるところが江戸城で、そこから一つ目の谷が市ヶ谷であり、その傍には紀尾井町という町がありますが、その紀尾井町という地名自体が、どういう徳川ゆかりの藩の屋敷がそこにあったのかを表しています。紀伊、尾張、井伊家の屋敷があったことを示す明治になってからの地名なのです。明治維新の江戸城無血落城の際に、明治政府は、最後の将軍と一緒に静岡にとどまっていた徳川家や譜代の土地と屋敷をまず接収してしまいます。そこが、一八七二（明治五）年に施行された徴兵制度における陸軍の士官学校になり、明治政府の軍事的な拠点になっていくのです。そこに厩付きの屋敷を持っていたわけですから、いまの東京を想像していただいても、その土地の値段がどれだけ高かったかということはお解りいただけるでしょう。

軍人である夫が日清戦争で戦死し、「未亡人」はそうした厩付きの屋敷に住んでいても仕方がないのでそこを売却し、当時は郊外であった陸軍砲兵工廠のある伝通院の近くに小さな家を買って、女三人で住むことになりました。これが「奥さん」の「未亡人」としての生活だったのです。すぐ想像がつくと思いますが、紀尾井町の厩付きの屋敷を売って小石川にちょっとした家を買った、その差額が銀行に貯金されていたはずです。それで奥さんとお嬢さんは、死んだ夫の軍人恩給《おんきゅう》と利子で、元金は崩さないでなんとか生活を立てていくことができたはずですが、若干心許《じゃっかんこころもと》ないので、一人ぐらい下宿人を入れて下宿代をもらえば十分生活が成り立っていくと考えていたわけです。そこに、田舎の土地や屋敷を売って二人が暮らせるほど利子のある「先生」が現れ、三人が生活していくには微妙に利子だけでは足りなかった奥さんとの利害関係が一致したところで、『心』という小説の人間関係が始まります。

これは、日清戦争の前後でなければあり得ない遺産相続の問題と結びついています。みなさんも、この日清戦争のときに〝奇跡の数か月〟で代表的な小説を書いた女性作家・樋口一葉のことはよくご存じだと思います。樋口一葉は女性でしたが、父親が早く死んだので女戸主として一家を仕切っていました。しかし、この女戸主が法律上成立したのは日清戦争の終わる少し後までなのです。日本政府の顧問として幅広く活躍したボアソナードがつくった明治民法典に対して、異を唱えたドイツ系の法学者たちが干渉する形で、明治民法いわゆる旧民法が施行されるのが、日清戦争が終わって数年後の一八九八（明治三一）年です。日清戦争が終わったのが一八九五（明治二八）年ですから、その三年後に施行された明治民法によって、女性は家督《かとく》相続権を失うことになります。すべては長男が相続をするという、武士階級の江戸時代の相続制度を引き継いだきわめて封建的な民法によって、ここから女性差別が強化されていくわけです。漱石の小説のなかでは、繰り返し、遺産相続が問題になります。

一八九五（明治二八）年に日清戦争に勝利した明治政府は、清国から国家予算を数倍上回る莫大な戦争賠償金を獲得します。本来は遼東半島《りょうとうはんとう》をはじめとして領土も獲得するはずでした。しかしこのとき日本は、安政五カ国条約という江戸時代に結んだ不平等条約体制から正式に抜け出ていませんでした。それで、安政五カ国条約を結んだ国々のなかのフランス・ドイツ・ロシアの三か国から、いわゆる「三国干渉」が行われます。

ロシアは、遼東半島問題をめぐって最も日本と利害が競合していました。ロシアは、イギリスの妨害でヨーロッパ圏における不凍港を獲得することができなかったため、ユーラシア大陸の西側から南下する政策をやめ、遼東半島を含む大連を持つところの旅順湾に出てくるために、フランスの銀行と鉄道会社のバックアップでシベリア鉄道を敷きます。ロシアの主要艦隊《かんたい》はバルチック海に拠点を持つバルチック艦隊でしたが、バルチック海は冬は凍ってしまい、艦隊は出られなくなります。それで不凍港が必要だと、一九世紀に何度も黒海から地中海に出ようとしましたが、そのたびにイギリスがトルコ等と連携してそれをおさえてきました。だから西側から不凍港を目指すのはやめて、ペテルブルグからモスクワを経由してウラル山脈を東側に行き、ウラジヴォストックから旅順に出れば不凍港を獲得することができる、これがシベリア鉄道構想でした。シベリア鉄道でアジアに出てくる挨拶のために、アレクサンドル四世の息子、ニコライが日本にやってきたとき、日本を侵略しにきたのではないかといううわさのもとに、京都見物をする直前に大津事件という暗殺未遂事件に遭遇します。日清戦争が終わる直前にアレクサンドル四世が亡くなり、そのニコライが皇帝（ツアーリ）になりますから、日本は大きらいなのです。このニコライを焚《た》きつけて、日本を進出させないようにしようと、ロシアのシベリア鉄道出費をバックアップしていたフランスと、本当はフランスとは仲が悪いドイツ皇帝が、協力して行ったのが、この「三国干渉」なのです。

　こうして、日本はまだ不平等条約を解消していないのだから、他国に領土を持つことは早いといして、遼東半島の返還を求める「三国干渉」が行われました。日清戦争の講話条約である一八九六（明治二八）年の下関条約のすぐ後のことですが、日本はこれを飲まざるを得ませんでした。それで、日清戦争には勝ったけれども領土は持てない、ロシア憎しということで、「臥薪嘗胆《がしんしょうたん》」という四文字をキーワードにして、次の日露戦争に備えることになります。例えば、夏目漱石は一九〇〇（明治三二）年にイギリスに留学しますが、国からもらった留学費の一部から日露戦争を遂行するための軍艦の建造費が予め差し引かれるぐらいに、全国民がこぞって日露戦争に向けての軍事的な準備に協力する体制が組まれたのです。

ではそもそも、日清戦争はどうして始まったのでしょうか。それは、韓国（大韓帝国）において列強による植民地侵略と封建制度に反対する民衆運動、東学党《とうがくとう》の反乱が起き、これに対して、韓国の王朝が清国と日本に対して出兵を求めたことにより、朝鮮半島をどちらが支配するかをめぐって軍事的な対立が一気に高まったことによって勃発《ぼっぱつ》したのです。そして、日露戦争の後に、日本は「日韓併合」という形で韓国を植民地化し、様々な植民地政策によって韓国に多大な被害を与えた、その責任をとらないまま現在に至っているという、今日の日韓関係そのものにもつながってくるのです。この歴史的な事態が、『心』の「先生」の利子生活が可能になる前提条件になっているということを、私たちは改めて読みとっておく必要があると思います。

恐らく日清戦争がらみで感染症を持ち込んだ傷病兵たちから感染したであろう腸チフスによって、父親と母親を相次いで亡くしたあと、「先生」は土地を売ったお金と公債で利子生活を送ることになります。この公債は、日清戦争を遂行する上で国民から戦費を集めるための戦争公債であり、日清戦争に勝利したのですから高額の利子が付くことになります。それに対して、日銀がコロナ対策で赤字国債を発行するとしていますが、それが返ってくる保証はありませんから、今の時代と重ねながら考えていただくと、日本の近代の歴史全体が浮かびあがってくると思います。

もう一つ付け加えれば、この日清戦争の莫大な戦争賠償金《ばいしょうきん》に加え、領土返還の見返りとしての清国からの収入によって、国家予算を数倍上回るお金が外国から入ることになり、「戦争をすると儲《もう》かるのだ」という誤った経験を、大日本帝国臣民がしてしまったのが日清戦争だったということです。そして「三国干渉」による「ロシア憎し」という国民感情を煽《あお》り、「臥薪嘗胆」というスローガンによって、国家予算の大半を軍艦をはじめとする軍事予算につぎ込みます。それは大手財閥《ざいばつ》、とりわけ陸軍砲兵工廠を経営するような軍需産業に国家予算を落すことになり、日本の資本主義の前提が確立します。

また、そのためには税金も一気に上げようということで、財産を分散させずに長男が一括して相続するという形の封建的な民法が、この日清戦争の戦争賠償金体制のなかでつくられ、女性差別的な旧民法体制ができあがります。その間をかいくぐらなければ、「奥さん」は自らの手で夫の所有していた市ヶ谷の厩付きの屋敷を処分して、小石川に小さな家を買うことはできませんし、そのような生活をしている「奥さん」とお嬢さんにとって、利子の半分で生活のできる「先生」という存在がどれだけ都合のよい存在だったかは、すぐお気づきになると思います。

それだけではありません。「先生」は、高等学校を無事卒業して大学に進学していたということをやや自慢《じまん》気《げ》に語っています。明治の末年に大学を卒業した「私」という青年に言い訳をするように、「あなたはそう思わないかもしれないけれど」とも語っていました。それは、このときまで帝国大学は、本郷の坂の上にある第一高等学校と連動している帝国大学たった一つだけだったからです。それが、日清戦争の戦争賠償金が文教予算にも回ってくることになり、京都帝国大学ができて以降は、東京帝国大学と相対化されていくことになります。夏目金之助が文部省の第一回官費留学生としてロンドンに留学できたのも、日清戦争の戦争賠償金のおかげだったのです。

つまり、日清戦争という日本が最初に行った帝国主義戦争が、大日本帝国臣民にどういう運命をもたらしたのか、そこにおける資本主義的な人間関係の変容が、『心』という小説の人々の関係性を支配していく、前提になっているのです。ですから、「下」の第九章と第十章は、残念ながら高校の教科書には載っていない部分ですが、『心』という小説の時代、明治という時代の資本主義の在り方が、戦争によってどのように変質させられていったのか、そこに作中人物たちの人生の在り方や心の在り方が規定されていく条件があったということを、漱石は書きこんでいるわけです。そういう視点から、今までお話ししてきたことをふり返っていただけると、夏目漱石が明治という時代を『心』のなかでどのように描き出そうとしていたかが見えてくるのではないでしょうか。

第Ⅳ章　精神的向上という病

この章では、「先生」が「K」を自殺に追い込むことになった経緯についてお話ししますが、要に位置するのが、「精神的向上心のないものは馬鹿だ」という言葉です。この『心』という小説におけるキーワードともいえる言葉について、一体それはどういう意味をもつのか、ということを考えていきたいと思います。

第Ⅲ章でお話ししましたように、日清戦争後の微妙な歴史的な転換を背景に、「先生」は日清戦争で戦死した軍人の妻である「奥さん」とその娘であるお嬢さんの二人が、下女と一緒に生活する女世帯に、一人下宿人として入り込むことになります。そのなかで、「奥さん」とお嬢さんに対して、さまざまな想いを抱いていくことになります。

「先生」は「奥さん」に対して、いったい自分のことをどのように考えているのか、ということをいろいろ疑ったりします。また、お嬢さんに対する関心についても、引き裂かれた思いに至ったということを、遺書のなかで「私」という青年に告白しています。

「先生」が「私」という遺書の読み手の存在を意識して情報を伝えようとしているところは、この小説の大事な要になります。「下」の第十二章で「先生」は「私」という青年に向かって、こう語りかけています。（p170・3）

貴方《あなた》は定《さだ》めて変に思うでしょう。その私が其所《そこ》の御嬢《おじょう》さんをどうして好《す》く余裕を有《も》っているか。その御嬢さんの下手な活花《いけばな》を、どうして嬉《うれ》しがって眺める余裕があるか。同じく下手なその人の琴《こと》をどうして喜こんで聞く余裕があるか。そう質問された時、私はただ両方とも事実であったのだから、事実として貴方に教えて上げるというより外《ほか》に仕方がないのです。解釈は頭のある貴方に任せるとして、私はただ一言《いちごん》付け足して置きましょう。私は金に対して人類を疑ぐったけれども、愛に対しては、まだ人類を疑わなかったのです。だから他《ひと》から見ると変なものでも、また自分で考えて見て、矛盾したものでも、私の胸のなかでは平気で両立していたのです。

私は未亡人《びぼうじん》の事を常に奥さんといっていましたから、これから未亡人と呼ばずに奥さんといいます。奥さんは私を静かな人、大人《おとな》しい男と評しました。それから勉強家だとも褒《ほ》めてくれました。けれども私の不安な目つきや、きょときょとした様子については、何事も口へ出しませんでした。気が付かなかったのか、遠慮していたのか、どっちだかよく解りませんが、何しろ其所にはまるで注意を払っていないらしく見えました。それのみならず、ある場合に私を鷹揚《おうよう》な方《かた》だといって、さも尊敬したらしい口の利《き》き方をした事があります。その時正直な私は少し顔を赤らめて、向うの言葉を否定しました。すると奥さんは「あなたは自分で気が付かないからそう御仰《おっしゃ》るんです」と真面目《まじめ》に説明してくれました。

　ここで「先生」が過去の自分を規定していた「鷹揚」という言葉が、「奥さん」から発せられたものだということがわかります。そしてそれだけではなく、この十二章において、「金に対して人類を疑ったけれども、愛に対してはまだ人類を疑わなかったのです」という言葉が出てくることに、注意をしていただきたいと思います。ここから「先生」の過去の告白は、「先生」のなかの〝愛〟をめぐる物語についての話に展開していくわけです。

　この「先生」における〝愛〟という言葉がいったいどういう意味をもつのか、いままでの話との関わりで言えば、「先生」が最初に「私」という青年と出会った段階で、「上」の「先生と私」のなかですが、「しかし君、恋は罪悪ですよ」という発言を突然しました。ここからも、「先生」は〝恋〟と〝愛〟をかなり意識的に使い分けている、ということがわかります。同時に〝恋愛〟という、〝恋〟と〝愛〟を二つつなげた二字熟語が使われるところも出てきます。〝恋〟と〝愛〟という言葉は伝統的な日本語においては明確に区別されて使われていましたが、明治になって、とりわけキリスト教に深くかかわった知識人たちが、英語の「love」の翻訳語として〝恋愛〟という用語を使うようになって、区別が曖昧《あいまい》になっていったのです。

　〝恋〟と〝愛〟という概念は、それまでの日本語においては、まったく異質な概念でした。ひとことで言うと、〝恋〟というのはいわば許されざる関係性、あるいは現実には不可能な関係性において、特定の人に対して心の執着を抱くことを言います。それに対して〝愛〟というのは、日常的な家族関係その他の親しい人間関係における、寿《ことほ》ぐべき良き心の在り方としての精神状態のことを言います。

このまったく異質な〝愛〟と〝恋〟が「love」の翻訳語として「恋愛」という二字熟語に結合されたところから、近代日本における「恋愛」幻想《げんそう》とでも言える精神の在り方が生まれてくるのです。

さて、「先生」が「奥さん」とお嬢さんと一緒に生活をするようになって、お嬢さんに対して愛を抱くことになる、ということがこのあと告白されます。「先生」は次のように、自分の心の在り方について「私」という青年に語ります。（p174・12）

> 私は奥さんの態度を、どっちかに片付《かたづけ》てもらいたかったのです。頭の働きからいえば、それが明らかな矛盾に違いなかったからです。しかし叔父《おじ》に欺《あざ》むかれた記憶のまだ新らしい私は、もう一歩踏み込んだ疑いを挟《さしは》さまずにはいられませんでした。私は奥さんのこの態度のどっちかが本当でどっちかが偽《いつわり》だろうと推定しました。

これは「下」の第十四章で「先生」が書いていることです。「奥さん」がなかなかお嬢さんと自分を二人きりにしない、けれどもときによっては意識的に近づけることがある。それはいったいどちらなのだろうか。お嬢さんと関係性を持たせたくないのか、それとも親しくさせたいのか、それがわからなかったということです。こういう事態のことを、精神分析の用語では「二重拘束《こうそく》（ダブルバインド）」という言い方をします。つまり、どちらかに判断を下さなければならないのですが、どちらにも判断を下せないという状態です。そういう引き裂かれた状態に「先生」は置かれていたという引き裂かれた精神状態を、わざわざここで告白しているのです。近づけたいのかそれとも遠ざけたいのか、どちらかはっきりしてほしかった、と言っているわけです。そしてさらに続けて、こう言うのです。（p174・続き）

　私は奥さんのこの態度のどっちかが本当でどっちかが偽《いつわり》だろうと推定しました。そうして判断に迷いました。ただ判断に迷うばかりでなく、何でそんな妙なことをするかその意味が私には呑《の》み込めなかったのです。理由《わけ》を考え出そうとしても、考え出せない私は、罪を女という一字に塗《なす》り付けて我慢した事もありました。必竟《ひっきょう》女だからああなのだ、女というものはどうせ愚《ぐ》なものだ。私の考《かんがえ》は行き詰《つま》れば何時《いつ》でも此所《ここ》へ落ちて来ました。

　それほど女を見縊《みくび》っていた私が、またどうしても御嬢さんを見縊る事が出来なかったのです。私の理窟《りくつ》はその人の前に全く用を為《な》さないほど動きませんでした。私はその人に対して、殆《ほと》んど信仰に近い愛を有《も》っていたのです。私が宗教だけに用いるこの言葉を、若い女に応用するのを見て、貴方は変に思うかも知れませんが、私は今でも固く信じているのです。本当の愛は宗教心とそう違ったものでないという事を固く信じているのです。私は御嬢さんの顔を見るたびに、自分が美くしくなるような心持がしました。御嬢さんの事を考えると、気高《けだか》い気分がすぐ自分に乗り移って来るように思いました。もし愛という不可思議なものに両端《りょうはじ》があって、その高い端《はじ》には神聖な感じが働いて、低い端には性欲《せいよく》が動いているとすれば、私の愛はたしかにその高い極点を捕《つら》まえたものです。私はもとより人間として肉を離れる事の出来ない身体《からだ》でした。けれども御嬢さんを見る私の眼や、御嬢さんを考える私の心は、全く肉の臭《におい》を帯びていませんでした。

私は母に対して反感を抱《いだ》くと共に、子に対して恋愛の度を増《ま》して行ったのですから、三人の関係は、下宿した始めよりは段々複雑になって来ました。尤《もっと》もその変化は殆んど内面的で外には現れてこなかったのです。

この「下」の第十四章で言われている〝恋〟という言葉と、「上」でも「先生」が「私」に向かって「恋は罪悪ですよ」と言っていることからして、「先生」にとっては〝恋〟という一文字概念は、きわめてまがまがしい、罪のあるものとして意識的に使われていることになります。それに対して〝愛〟という概念については、宗教心とそう違ったものではない、としています。これは、日本の伝統的な愛とはまた微妙に違います。もしかしたら、キリスト教的な神の愛、アガペーの愛、そういう概念を「先生」は知っていて、そのような意味で使っているのかもしれません。「先生」は、肉体的な性欲については、「低い端に性欲が動いている」とはっきり言っています。お嬢さんに対しては、この低い端の性欲はほとんど入り込まずに、宗教心に近い意味で〝愛〟を抱いていたのだ、ということを「私」という青年に明記しながら、この話を始めていくことになるわけです。

一方、「先生」が「奥さん」に対してさまざまな疑いを抱く理由は、これまでの話でおわかりかと思います。「先生」は利子の半分で生活ができる立場にいるわけですから、「奥さん」にとってはとても都合のよい存在です。十五章では、「先生」は次のように言っています。（p177・l）

私は郷里のことについて余り多くを語らなかったのです。ことに今度の事件については何にもいわなかったのです。私はそれを念頭に浮べてさえ既に一種の不愉快を感じました。私はなるべく奥さんの方の話だけを聞こうと力《つと》めました。ところがそれでは向うが承知しません。何かに付けて、私の国元の事情を知りたがるのです。私はとうとう何もかも話してしまいました。私は二度と国へは帰らない。帰っても何にもない。あるのはただ父と母の墓ばかりだと告げた時、奥さんは大変感動したらしい様子を見せました。御嬢さんは泣きました。私は話して好《い》い事をしたと思いました。私は嬉《うれ》しかったのです。

私の凡《すべ》てを聞いた奥さんは、果して自分の直覚が的中したといわないばかりの顔をし出しました。それからは私を自分の親戚《みより》に当る若いものか何かを取扱うように待遇するのです。私は腹も立ちませんでした。むしろ愉快に感じた位です。ところがそのうちに私の猜疑心《さいぎしん》がまた起って来ました。

私が奥さんを疑り始めたのは、極些細《ごくささい》な事からでした。しかしその些細な事を重ねて行くうちに疑惑は段々と根を張ってきます。私はどういう拍子かふと奥さんが、叔父《おじ》と同じような意味で、御嬢さんを私に接近させようと力めるのではないかと考え出したのです。すると今まで親切に見えた人が急に狡猾《こうかつ》な策略家として私の眼に映じて来たのです。私は苦々《にがにが》しい唇を噛《か》みました。

つまり、「先生」の叔父さんに対する疑いというのは、「先生」が相続するはずの父の不動産を叔父さんが担保にして自分の事業のために金を借り、それがうまくいかなくなったので、娘と「先生」を結婚させることによってそれをごまかそうとしたところから生じました。これに対して「奥さん」への疑いのきっかけは、叔父さんと同じように、経済的な都合からお嬢さんと自分を結婚させようとしているのではないか、と「先生」が考えるようになったことにあります。

「奥さん」に対してある種の警戒をしながら大学に通っているわけですが、次第にそれにも慣れ、一緒に買い物に行ったりするようになり、その姿が大学の友人に見られて噂《うわさ》をされたということが、帰ってからの笑い話になったりします。そんな親しみが形成されていくところに、「K」という「先生」の友人を招き入れる、ということになります。これが、「下」の第十九章以降になります。十九章は次のように始まっています。（p186・2）

「私はその友達の名を此所《ここ》にKと呼んで置きます。私はこのKと小供のときからの仲好《なかよし》でした。小供の時からといえば断らないでも解《わか》っているでしょう。二人には同郷《どうきょう》の縁故があったのです。Kは真宗《しんしゅう》の坊さんの子でした。尤《もつと》も長男ではありません、次男でした。それである医者の所へ養子に遣《や》られたのです。私の生れた地方は大変本願寺派《ほんがんじは》の勢力の強い所でしたから、真宗の坊さんは他《ほか》のものに比べると物質的に割が好かったようです。一例を挙げると、もし坊さんに女の子があって、その女の子が年頃《としごろ》になったとすると、檀家《だんか》のものが相談して何処《どこ》か適当な所へ嫁に遣ってくれます。無論費用は坊さんの懐《ふところ》から出るのではありません。そんな訳で真宗寺《しんしゅうでら》は大抵有福《ゆうふく》でした。

Kの生れた寺も相応に暮らしていたのです。しかし次男を東京へ修業に出すほどの余力があったかどうか知りません。また修業に出られる便宜があるので、養子の相談が纏《まと》まったものかどうか、其所《そこ》も私には分りません。とにかくKは医者の家《うち》へ養子に行ったのです。それは私たちがまだ中学にいる時の事でした。私は教場《きょうじょう》で先生が名簿を呼ぶ時に、Kの姓が急に変っていたので驚ろいたのを今でも記憶しています。

Kの養子先もかなりな財産家でした。Kは其所から学費を貰《もら》って東京へ出て来たのです。出て来たのは私と一所でなかったけれども、東京へ着いてからは、すぐ同じ下宿に入りました。その時分は一つ室《へや》によく二人も三人も机を並べて寐起《ねおき》したものです。Kと私も二人で同じ間《ま》にいました。山で生捕《いけど》られた動物が、檻《おり》の中で抱き合いながら、外を眺《にら》めるようなものでしたろう。二人は東京と東京の人を畏《おそ》れました。それでいて六畳の間《ま》の中では、天下を睥睨《へいげい》するような事をいっていたのです。

しかし我々は真面目《まじめ》でした。我々は実際偉くなるつもりでいたのです。ことにKは強かったのです。寺に生れた彼は、常に精進《しょうじん》という言葉を使いました。そうして彼の行為動作は悉《ことごと》くこの精進の一語で形容されるように、私には見えたのです。私は心のうちで常にKを畏敬《いけい》していました。

Kは中学にいた頃《ころ》から、宗教とか哲学とかいう六《む》ずかしい問題で、私を困らせました。これは彼の父の感化なのか、または自分の生れた家、即ち寺という一種特別な建物に属する空気の影響なのか、解りません。ともかくも彼は普通の坊さんよりは遥《はる》かに坊さんらしい性格を有《も》っていたように見受けられます。

ここでだいじなのは、「先生」と「K」は中学校から一緒の学校にいたのですが、中学のときに「K」が養子にやられた。そのことを「先生」は教場で、つまり中学校の教室で教師が名簿を呼ぶときに、「K」の名前が違っているということから気付きます。「先生」と「K」がどういう関係にあったのか、「先生」がそのあと自分の下宿に「K」を招き入れる結果になるのはどうしてなのか、ということと、これは深く結びついているわけです。

「K」は医者の家に養子に行ったのですが、もともと真宗のお寺の次男として生まれ、その当時から宗教的なことや哲学的なことが好きだったのです。養子に行った「K」はどうかというと、養家は医者ですから当然、医学部に進学するために東京に出されたわけです。第Ⅲ章で述べましたように、高等学校を卒業すれば大学へ進学することができるわけですから、高等学校に進学する際には、文科大学にするのか理科大学にするのか法科大学にするのか、それとも医科大学へ進学するのか、コースを選ばなければなりません。けれども「K」は哲学や宗教が好きでしたから、養子に行って本当は医科大学に進まなければならないのに、「先生」と同じ文科を選んでしまったのです。二十章にこう書かれています。（p188・7）

「Kと私は同じ科に入学しました。Kは澄ました顔をして、養家《ようか》から送ってくれる金で、自分の好《すき》な道を歩き出したのです。知れはしないという安心と、知れたって構うものかという度胸とが、二つながらKの心にあったものと見るよりほか仕方がありません。Kは私よりも平気でした。

ここでも題名である「心」というキーワードが出てきます。つまり、「先生」のほうは常に「K」に対して畏敬の念を抱いていたのです。なぜかというと、「K」のほうが成績がよかったからだと、後になって「先生」は告白します。「K」が中学校のときも高等学校のときも、「先生」よりはるかに成績がよく、「K」に勝つことはできなかった、と「先生」は繰り返し強調します。

そうすると、さきほど述べた、中学校の教師が教室で名簿を読み上げたときに、「先生」はなぜ「K」の家が変わったことに気が付いたのか、養子になったことに気が付いたのか、ということです。先程の十九章のところをふり返ってみると、「私は教場で先生が名簿を呼ぶときにKの姓が急に変わっていたので驚いたのを今でも記憶している」とあります。これは厳しい受験競争を行っている中学のときに体験したことであり、世代は違いますが「私」という青年にもよく解ることなのです。

当時中学校は、それぞれの県単位で地元の学校に行きますが、「先生」も「K」も、中学を卒業すると東京の第一高等学校へ進学しました。ナンバースクールとしての高等学校は、東京に次いで仙台に二高があり、京都に三高がありというふうに、明治政府が主要都市として押さえなければならないところに設置されました。なぜ元の都である京都が三番目で仙台が二高なのかというと、明治維新の際の東北の列藩の明治新政府に対する態度が考慮されたからであり、ここには明治という歴史がそのまま刻まれているわけです。ナンバースクールで、熊本は第五高等学校ですが、夏目漱石はそこの教師をしていました。そういうナンバースクールに入り、そこを卒業すればその地域の帝国大学に進学できるというのが、日清戦争後の帝国大学のあり方でした。日清戦争までは帝国大学は一つでしたから、進学しようとすると中学校は熾烈《しれつ》な競争になります。それで、名簿は、定期試験のたびに替えられる成績の順番によって決められていました。「先生」は「K」が今回の試験で何番だったかということをわかっていたがゆえに、あっ、苗字《みようじ》が今までと違う、養子に行ったにちがいない、ということに気付いたわけです。「先生」は、中学校における受験競争で「K」に対して競争心を持っていましたが、同時にいつも勝てないという敗北感を抱き続けさせられていたわけです。

それで、東京の高等学校に進学するために一緒に田舎から出てきたわけですから、二人で六畳《じょう》の同じ下宿にこもりながら、なんとかして高等学校の競争にも勝ち抜いてやるのだという、同郷の志を同じくする同志愛のもとに学んできた、という関係なのです。

しかし「K」が養子に入った家は医者なわけですから、医科大学の進学コースを選ばなければならないのに、「先生」と同じ文科を選んでしまいました。それで、夏休みになって、「先生」は初めて故郷へ帰ったのに、「K」は国へは帰りませんでした。二度目の夏休みには、わざわざ故郷から催促を受けたので帰らざるをえませんでした。そして、三度目の夏休みには、「K」は「先生」とは同じ故郷ですが、一緒には帰りませんでした。二十章の最後の段落ではこう書かれています。（p190・2）

三度目の夏は丁度私が永久に父母の墳墓の地を去ろうと決心した年です。私はその時Kに帰国を勧めましたが、Kは応じませんでした。そう毎年家《まいとしうち》に帰って何をするのだというのです。彼はまた踏み留《とど》まって勉強するつもりらしかったのです。私は仕方なしに一人で東京を立つ事にしました。私の郷里で暮らしたその二ヵ月間が、私の運命にとって、如何《いか》に波瀾《はらん》に富んだものかは、前に書いた通りですから繰り返しません。私は不平と幽鬱《ゆううつ》と孤独の淋《さび》しさとを一つ胸に抱《いだ》いて、九月に入ってまたKに逢《あ》いました。すると彼の運命もまた私と同様に変調を示していました。彼は私の知らないうちに、養家先へ手紙を出して、こっちから自分の詐《いつわり》を白状してしまったのです。彼は最初からその覚悟でいたのだそうです。今更《いまさら》仕方がないから、御前の好きなものを遣《や》るより外《ほか》に途《みち》はあるまいと、向うにいわせるつもりもあったのでしょうか。とにかく大学へ入ってまでも養父母を欺《あざ》むき通す気はなかったらしいのです。また欺むこうとしても、そう長く続くものではないと見抜いたのかも知れません。

「先生」が、叔父一家と決別し、自分の相続分の財産全部をお金に換えて大学進学に備えなければならない、という運命に至ったということは第Ⅲ章で述べましたが、「K」も同じように、この夏に自分は養家を裏切ったということを明らかにするのです。養家からは、後継ぎにならないわけですから、学資は断ち切られます。元々の実家に戻ることができるのかといえば、とりあえず復縁はするけれども、大学に進学して学問を続ける学費は一切出さない、と言われます。二十二章にはこうあります。

Kの復籍したのは一年生の時でした。それから二年生の中頃《なかごろ》になるまで、約一年半の間、彼は独力で己《おの》れを支えて行ったのです。ところがこの過度の労力が次第に彼の健康と精神の上に影響して来たように見え出しました。それには無論養家を出る出ないの蒼蠅《うるさ》い問題も手伝っていたでしょう。彼は段々感傷的《センチメンタル》になって来たのです。時によると、自分だけが世の中の不幸を一人で背負《しょ》って立っているような事をいいます。そうしてそれを打ち消せばすぐ激するのです。（p194・4）

それから自分の未来に横《よこた》わる光明《こうみょう》が、次第に彼の眼を遠退《とおの》いて行くようにも思っていらいらするのです。

こうして、「K」は鬱《うつ》の状態に入ってしまいます。「先生」はそれを心配して、どういう提案をするのかということが、二十二章の最後のところに出てきます。（p195・8）

最後に私はKと一所に住んで、一所に向上の路《みち》を辿《たど》って行きたいと発議《ほつぎ》しました。私は彼の剛情を折り曲げるために、彼の前に跪《ひざ》まずく事を敢《あえ》てしたのです。そうして漸《やっ》との事で彼を私の家に連れて来ました。

つまり「先生」は、「奥さん」とお嬢さんと下女とで生活していた下宿に「K」を連れてきたわけです。でも、それに関して重要なことは、「K」の下宿代を「先生」が肩代わりすることは「K」に内緒のままなのです。なぜなら、最初に「先生」が「K」に対して援助を申し出たときに、「K」は断っているからです。「K」は、自分でアルバイトをしながら大学で学問を続けていくと「先生」に言っています。

繰り返します。第Ⅲ章で述べたように、「先生」は利子の半分も使わないで生活ができていましたから、もう一人「K」が下宿に入っても、元金を取り崩さずに生活できる利子生活者なのです。

つまり、自分が下宿代を払ってやるということは内緒にして、自分が借りている部屋に住まわせてやるのだ、ということを納得させえたのかどうか、そこまでは詳しく書いていませんが、とりあえず一緒に住んで、ここで卒業するまで頑張ろうということになります。このときのキーワードが、「一緒に向上の路を辿っていきたい」という言葉です。「向上」という言葉は、学歴を通して立身出世を望んだ、明治の多くの立身出世主義のコースを選んだ若者たちのキーワードになっていたのです。これが、大学に入って三年目、卒業を目前にした時期の、「先生」と「K」とが共有する言葉になっていくわけです。「先生」は二十三章でこうも言っています。（p196・8）

実を言うと私だって強いてKと一所にいる必要はなかったのです。けれども月々の費用を金の形で彼の前に並べて見せると、彼はきっとそれを受取る時に躊躇《ちゅうちょ》するだろうと思ったのです。彼はそれほど独立心の強い男でした。だから私は彼を私の宅《うち》に置いて、二人前《ふたりまえ》の食料を彼の知らない間《ま》にそっと奥さんの手に渡そうとしたのです。しかし私はKの経済問題について、一言《いちごん》も奥さんに打ち明ける気はありませんでした。

私はただKの健康について云々《うんぬん》しました。一人で置くと益《ます》々《ます》人間が偏窟《へんくつ》になるばかりだからといいました。それに付け足して、Kが養家《ようか》と折合《おりあい》の悪かった事や、実家と離れてしまった事や、色々話して聞かせました。私は溺《おぼ》れかかった人を抱いて、自分の熱を向うに移してやる覚悟で、Kを引き取るのだと告げました。そのつもりであたたかい面倒を見て遣《や》ってくれと、奥さんにも御嬢《おじょう》さんにも頼みました。私はここまで来て漸々《ようよう》奥さんを説き伏せたのです。しかし私から何にも聞かないKは、この顛末《てんまつ》をまるで知らずにいました。私もかえってそれを満足に思って、のっそり引き移って来たKを、知らん顔で迎えました。

奥さんと御嬢さんは、親切に彼の荷物を片付ける世話や何《なに》かをしてくれました。凡《すべ》てそれを私に対する好意からきたのだと解釈した私は、心のうちで喜びました。——Kが相変らずむっちりした様子をしているにもかかわらず。


ここでも、題名のキーワードである「心の内で喜びました」という言葉が出てきます。それは「先生」に対する好意から、友人の「K」を引き入れた「奥さん」とお嬢さんが、親切に彼の荷物の片づけの手伝いをしてくれたのだと思ったからだ、と言っているわけです。しかしやがて、そうではなく、「先生」に対する好意ではなくて直接「K」に対する好意だったら、という疑念が湧いてきます。これが「こころ」の「下」の後半、お嬢さんと「K」の関係に「先生」が嫉妬《しっと》して「K」を追い詰めていく、という悲劇の発端になるわけです。

「先生」も、「奥さん」やお嬢さんからいろいろ気を遣われて、家族同様に扱われて明るくなりました。だから「K」にもそのようにしてくれ、というふうに「先生」の側から頼んだのです。二十五章の冒頭にはこうあります。（p200・9）

私は蔭《かげ》へ廻《まわ》って、奥さんと御嬢《おじょう》さんに、なるべくKと話しをするように頼みました。私は彼のこれまで通って来た無言生活が彼に祟《たた》っているのだろうと感じたからです。使わない鉄が腐るように、彼の心には錆《さび》が出ているとしか私には思われなかったのです。

鬱屈《うっくつ》している「K」を解放するために、「先生」は「奥さん」やお嬢さんに「K」になるべく話しかけてくれ、と頼むのです。それがだんだん成功して、「K」は明るくなっていきます。

そして、だいぶ元気になった「K」と一緒に、大学の最後の学年を迎えるにあたって、「先生」は「K」と一緒に千葉のほうへ海水浴の旅行をしようと計画を立てます。そして、日蓮が若かったころ修業をしたお寺へ一緒に行きますが、そこで、第四回目のキーワードである「精神的に向上心が無い者は馬鹿だ」という言葉が「K」からもたらされることになります。三十章の最後の場面です。(p214・3)

たしかその翌《あく》る晩の事だと思いますが、二人は宿へ着いて飯《めし》を食って、もう寝《ね》ようという少し前になってから、急に六《む》ずかしい問題を論じ合い出しました。Kは昨日《きのう》自分の方から話しかけた日蓮の事について、私が取り合わなかったのを、快よく思っていなかったのです。精神的に向上心がないものは馬鹿だといって、何だか私をさも軽薄もののように遣《や》り込めるのです。ところが私の胸には御嬢さんの事が蟠《わだか》まっていますから、彼の侮蔑《ぶべつ》に近い言葉をただ笑って受け取る訳に行きません。私は私で弁解を始めたのです。

つまり「先生」は、「奥さん」に対してはいろいろ疑いを持っているけれども、お嬢さんに対しては宗教的とも言えるような「愛」を抱いていることを確信していましたから、そのお嬢さんへの想いを、「K」と二人だけになったときに告白したかったのです。しかし、なかなかそれは言い出せませんでした。それで、「精神的向上心のない者は馬鹿だ」などと言われてしまったので、「人間らしい」という言葉を使いながら「K」に反論します。しかし結果として、この房総方面への旅行ではお嬢さんへの想いを「K」に伝えることができないまま戻ってきてしまい、秋になって新学期が始まります。

すると次第に、お嬢さんと「K」の関係が気になるようになります。例えば三十二章の最後の段落では、こんなことを「先生」は気にしています。（p218・12）

そのうち御嬢さんの態度がだんだん平気になって来ました。Kと私が一所に宅《うち》にいる時でも、よくKの室の縁側へ来て彼の名を呼びました。そうして其所へ入って、ゆっくりしていました。無論郵便を持って来る事もあるし、洗濯物を置いて行く事もあるのですから、その位の交通は同じ宅にいる二人の関係上、当然と見なければならないのでしょうが、是非御嬢さんを占有したいと強烈な一念に動かされている私には、どうしてもそれが当然以上に見えたのです。ある時は御嬢さんがわざわざ私の室へ来るのを回避して、Kの方ばかりへ行くように思われる事さえあった位です。

ここには、「先生」と「K」の部屋の間取りの問題があるのです。「先生」は、自分の借りている八畳の部屋を占有しています。玄関から行くとその前に四畳の次の間があり、そこに「K」を住まわせました。そうすると、お嬢さんの部屋からは廊下《ろうか》伝いにそこに行けますから、「先生」の部屋を通らずに「K」に話しかけることができるわけです。そこから「先生」の嫉妬が始まっていくのです。

この下宿先の「奥さん」が、市ヶ谷の厩付きの屋敷を売って新たに買ったこの家の構造そのもの、家の空間構造、部屋の配置が、「先生」の心のなかに嫉妬を生み出すという役割を果たしていることになります。人間の身体は空間的な存在であり、それが精神にも影響していく、身と心は一体のものとして存在しているのだという、現代的な身心症的な嫉妬の在り方になっていくわけです。

そしてあるとき、「K」からお嬢さんの話を切り出されます。「下」の三十六章です。（p226・6）

「Kはなかなか奥さんと御嬢《おじょう》さんの話を已《や》めませんでした。しまいには私も答えられないような立ち入った事まで聞くのです。私は面倒よりも不思議の感に打たれました。

今までほとんど関心を示さなかった「奥さん」とお嬢さんについて、「K」はいろいろと「先生」に聞いてくるのです。そして、「K」の話はさらに踏み込んでいきます。同じ三十六章です。（p227・15）

彼の自白は最初から最後まで同じ調子で貫ぬいていました。重くて鈍《のろ》い代りに、とても容易なことでは動かせないという感じを私に与えたのです。私の心は半分その自白を聞いていながら、半分どうしようどうしようという念に絶えず掻《か》き乱されていましたから、細かい点になると殆《ほと》んど耳へ入らないと同様でしたが、それでも彼の口に出す言葉の調子だけは強く胸に響きました。そのために私は前いった苦痛ばかりでなく、ときには一種の恐ろしさを感ずるようになったのです。つまり相手は自分より強いのだという恐怖の念が萌《きざ》し始めたのです。

ここで「先生」は、「K」がお嬢さんとの恋を打ち明けたとはっきりとは書いていません。でも、読んでいる「私」という青年がそれを類推できるような、「自白」という言葉を「先生」は繰り返し使っています。例えば三十七章ではこう言います。（p229・1）

Kの自白に一段落が付いた今となって、こっちからまた同じ事を切り出すのは、どう思案しても変でした。

つまり「先生」も、自分のお嬢さんについての思いを打ち明けようとしたということです。（p229・2）

私はこの不自然に打ち勝つ方法を知らなかったのです。私の頭は悔恨に揺《ゆ》られてぐらぐらしました。

こうして、「先生」は追い詰められていきます。そして、悩みに悩んだ「先生」は、「K」がいないところで、「奥さん」にお嬢さんとの結婚を申し込んでしまうわけです。その申し込むきっかけ、大きな結節点になるのが、二人があの千葉へ旅行したとき、お嬢さんへの恋を打ち明けた「K」に対してキーワードとなる言葉を発する瞬間です。四十一章で次のような場面があります。（p238・8）

Kが理想と現実の間に彷徨《ほうこう》してふらふらしているのを発見した私は、ただ一打《ひとうち》で彼を倒す事が出来るだろうという点にばかり眼を着けました。そうしてすぐ彼の虚《きょ》に付け込んだのです。私は彼に向って急に厳粛な改たまった態度を示し出しました。無論策略からですが、その態度に相応する位な緊張した気分もあったのですから、自分に滑稽《こっけい》だの羞恥《しゅうち》だのを感ずる余裕はありませんでした。私は先《ま》ず「精神的に向上心のない者は馬鹿だ」といい放ちました。これは二人で房州《ぼうしゅう》を旅行している際、Kが私に向って使った言葉です。私は彼の使った通りを、彼と同じような口調で、再び彼に投げ返したのです。しかし決して復讐《ふくしゅう》ではありません。私は復讐以上に残酷な意味を有《も》っていたという事を自白します。私はその一言《いちごん》でKの前に横たわる恋の行手《ゆくて》を塞《ふさ》ごうとしたのです。

Kは真宗寺《しんしゅうでら》に生れた男でした。しかし彼の傾向は中学時代から決して生家の宗旨《しゅうし》に近いものではなかったのです。教義上の区別をよく知らない私が、こんな事をいう資格に乏しいのは承知していますが、私はただ男女《なんにょ》に関係した点についてのみ、そう認めていたのです。Kは昔《むか》しから精進《しょうじん》という言葉が好《す》きでした。私はその言葉の中に、禁欲《きんよく》という意味も籠《こも》っているのだろうと解釈していました。

（P239・17）

そして、これが「K」の最も大きな弱点だということをおさえて、もう一度「先生」は言います。

「精神的に向上心のない者は、馬鹿だ」

私は二度、同じ言葉を繰り返しました、そうして、その言葉が、Kの上にどう影響するかを見詰めていました。

「馬鹿だ」とやがてKが答えました。「僕は馬鹿だ」

Kはぴたりと其所へ立ち留《どま》ったまま動きません。彼は地面の上を見詰めています。私は思わずぎょっとしました。私にはKがその刹那《せつな》に居直《いなお》り強盗の如く感ぜられたのです。しかしそれにしては彼の声が如何《いか》にも力に乏しいという事に気が付きました。私は彼の眼遣《めづかい》を参考にしたかったのですが、彼は最後まで私の顔を見ないのです。そうして、徐々《そろそろ》とまた歩き出しました。

こうして、「K」がどのように気持ちを翻《ひるがえ》したのか「先生」は確かめることができないまま、「奥さん」にお嬢さんと結婚をしたいという話をして、結果として「K」を裏切ることになります。そして、「K」の自殺に直面することになるわけです。

そのときまさに、「先生」と「K」を隔てていた襖《ふすま》に、「K」の自ら頸動脈《けいどうみゃく》を切った血しぶきが付いているのを見つけるのです。「下」の四十八章です。（p255・10）

私はおいといって声を掛けました。しかし何の答もありません。おいどうかしたのかと私はまたKを呼びました。それでもKの身体《からだ》は些《ちっ》とも動きません。私はすぐ起き上って、敷居際《しきいぎわ》まで行きました。其所《そこ》から彼の室の様子を、暗い洋燈《ランプ》の光で見廻《みまわ》して見ました。

その時私の受けた第一の感じは、Kから突然恋の自白を聞かされた時のそれとほぼ同じでした。私の眼は彼の室の中を一目《ひとめ》見るや否《いな》や、あたかも硝子《ガラス》で作った義眼のように、動く能力を失いました。私は棒立《ぼうだち》に立竦《たちすく》みました。それが疾風《しっぷう》の如く私を通過したあとで、私はまたああ失策《しま》ったと思いました。もう取り返しが付かないという黒い光が、私の未来を貫ぬいて、一瞬間に私の前に横《よこた》わる全生涯を物凄《ものすご》く照らしました。そうして私はがたがた顫《ふる》えだしたのです。

それでも私はついに私を忘れる事が出来ませんでした。私はすぐ机の上に置いてある手紙に眼を着けました。それは予期通り私の名宛《なあて》になっていました。私は夢中で封を切りました。しかし中には私の予期したような事は何にも書いてありませんでした。私は私に取ってどんなに辛《つら》い文句がその中に書き列《つら》ねてあるだろうと予期したのです。そうして、もしそれが奥さんや御嬢さんの眼に触れたら、どんなに軽蔑されるかも知れないという恐怖があったのです。私はちょっと眼を通しただけで、まず助かったと思いました。（固より世間体《せけんてい》の上だけで助かったのですが、その世間体がこの場合、私にとっては非常な重大事件に見えたのです。）

手紙の内容は簡単でした。そうしてむしろ抽象的でした。自分は薄志弱行《はくしじゃっこう》で到底行先《ゆくさき》の望みがないから、自殺するというだけなのです。それから今まで私に世話になった礼が、極《ごく》あっさりした文句でその後《あと》に付け加えてありました。世話ついでに死後の片付方《かたづけかた》も頼みたいという言葉もありました。奥さんに迷惑を掛けて済まんから宜《よろ》しく詫《わび》をしてくれという句もありました。国元へは私から知らせてもらいたいという依頼もありました。必要な事はみんな一口《ひとくち》ずつ書いてある中に御嬢さんの名前だけは何処《どこ》にも見えません。私はしまいまで読んで、すぐKがわざと回避したのだという事に気が付きました。しかし私の尤《もっと》も痛切に感じたのは、最後に墨《すみ》の余りで書き添えたらしく見える、もっと早く死ぬべきだのに何故《なぜ》今まで生きていたのだろうという意味の文句でした。
私は顫える手で、手紙を巻き収めて、再び封の中へ入れました。私はわざとそれを皆《みん》なの眼に着くように、元の通り机の上に置きました。そうして振り返って、襖《ふすま》に迸《ほと》ばしっている血潮を始めて見たのです。

「K」の遺した遺書を「先生」が目にすると、自殺の真相について「K」がそれを伏せてくれたことがわかるように書き込まれていました。そして、連絡を受けた「K」の父と兄がやってきて、「K」が生前に気に入っていた雑司ヶ谷霊園に彼の墓をつくることになります。その墓に、「先生」が月命日にお参りに行くようになり、そこで「私」という青年と遭遇《そうぐう》するという、また「上」に舞い戻っていく形になるわけです。
「先生」は遺書の最後のほうで、繰り返し〝心〟というキーワードを使いながら、こう語っています。

一年経《た》ってもKを忘れる事の出来なかった私の心は常に不安でした。私はこの不安を駆逐《くちく》するために書物に溺《おぼ》れようと力《つと》めました。私は猛烈な勢《いきおい》をもって勉強し始めたのです。そうしてその結果を世の中に公けにする日の来るのを待ちました。けれども無理に目的を拵《こしら》えて、無理にその目的の達せられる日を待つのは嘘《うそ》ですから不愉快です。私はどうしても書物のなかに心

(p265・11)

を埋《うず》めていられなくなりました。私はまた腕組をして世の中を眺め出したのです。

妻はそれを今日《こんにち》に困らないから心に弛《たる》みが出るのだと観察していたようでした。妻の家にも親子二人位は坐《すわ》っていてどうかこうか暮して行ける財産がある上に、私も職業を求めないで差支《さしつかえ》のない境遇にいたのですから、そう思われるのも尤《もっと》もです。


おわかりですね。「先生」が自分の生活を利子の半分で賄《まかな》えたのと同じように、「奥さん」とお嬢さんも親子の生活を利子で賄えた、それがこの事態を決定したのです。それはそもそも、日清戦争の勝利によって大日本帝国にもたらされた、戦争賠償金による資本の本源的な蓄積が可能にした利子生活によってもたらされたものである、ということに行き着くのです。

明治天皇が死に、乃木希典がその大葬の日に、自分の妻静を道連れにして前時代的な殉死を行います。そのときに「先生」は、静という同じ固有名を持つ妻には一切秘密にしてくれと「私」という青年に口止めをした上で、覚悟を決めて自殺をするわけです。

どう死んだかは書かれていませんが、最後に一つだけ、私の推理を付け加えさせていただきます。

『心』という小説の冒頭は、鎌倉の海水浴場での「先生」と「私」という青年の二人の出会いでした。「私」という青年が追いかけていくと、「先生」はぴたりとあるところで泳ぎを止めます。鎌倉という海水浴場は湾になっていますから、湾のなかはとても安全です。でも、その湾の外へ出て行けば太平洋の荒波です。引き潮と満ち潮があります。もし潮が引いていくときにその潮に引かれていってしまえば、太平洋に連れていかれることもあるでしょう。

明治天皇の葬儀が行われた年は、秋になっても暑い日が続きました。明治天皇の葬儀は九月ですから、まさに台風が来るシーズンです。台風がきた後の引き潮は並大抵のものではありません。この年は、自殺したか事故で潮に流されたかはわかりませんが、海での溺死者《できしし ゃ》がとても多くありました。もしかしたら「先生」は、そのような死に方を選んで、自分の死体は残さずにこの世を去ったのかもしれない、というのが、あの冒頭の海水浴場の場面からくる私の類推です。

「私」という青年に対して「先生」は、この遺書の内容を「妻には何も知らせたくない」ので、一切「秘密として」くれと最後に言い残しています。この小説では、乃木希典の妻と同じ固有名を与えられた「静」という登場人物と、もう一人の登場人物が「私」という青年の母親で、「お光」という固有名を与えられています。二人とも「未亡人」という差別的概念で規定された、夫の死後を生き残る妻たちです。その二人にだけなぜ、小説の中で固有名が与えられたのでしょうか。『心』という小説の研究をしていて、夫の死後を生き残る妻二人に固有名が与えられたところにも、著者である夏目漱石の、明治という時代に対する一つの反抗の態度が現れているのではないか、そう読み取りたいという願いが私の心のなかにずっとあります。

あとがき

『心』という小説を、「先生」の両親が、相次いで感染症としての「腸チフス」で死んだことからの、因果関係の連鎖で読み直してみると、そこからは、日清戦争が大日本帝国をどのように変質させたのかという一連の問題系が浮かび上がってきました。

とりわけ日清戦争後の一八九八（明治三一）年にまで民法典論争で制定がもつれこんだ、明治民法が、『心』における一連の事件の要因を規定していたことを明らかにすることができました。

オンライン講座を実現していただいた「たびせん・つなぐ」の大西健一、岡林信一、山下明日香さんに、また録音の文字起こしをしていただいた二宮小夜子さんに、心から感謝します。

二〇二〇年七月

小森陽一（こもり・よういち）

1953年、東京生まれ。東京大学名誉教授、専攻は日本近代文学、夏目漱石研究者。「九条の会」事務局長。著書に、『世紀末の予言者・夏目漱石』（講談社）『漱石論　21世紀を生き抜くために』（岩波書店）『漱石を読みなおす』（岩波現代文庫）『子規と漱石――友情が育んだ写実の近代』（集英社新書）『夏目漱石、現代を語る　漱石社会評論集』（編著、角川新書）『小森陽一、ニホン語に出会う』（大修館書店）『ことばの力 平和の力――近代日本文学と日本国憲法』『13歳からの夏目漱石』『戦争の時代と夏目漱石』（かもがわ出版）など多数。

協力　株式会社 たびせん・つなぐ
http://www.tabisen-tsunagu.com

装丁　加門啓子

読み直し文学講座 I
夏目漱石『心』を読み直す
――病と人間、コロナウイルス禍のもとで

2020年9月20日　第1刷発行
2020年5月31日　第2刷発行

著　者　© 小森陽一
発行者　竹村正治
発行所　株式会社かもがわ出版
〒602-8119　京都市上京区堀川通出水西入
TEL075-432-2868　FAX075-432-2869
振替 01010-5-12436
ホームページ http://www.kamogawa.co.jp
印刷　シナノ書籍印刷株式会社

ISBN978-4-7803-1113-6 C0395

戦争の時代と夏目漱石

——明治維新150年に当たって

小森　陽一

明治を生きた漱石は「戦争の時代」とどう向き合ったのか？　作品を読み直し、紀行文「満韓ところどころ」を旅して、戦争責任を考える。

Ａ５版、１７６頁、本体１７００円＋税

13歳からの夏目漱石

——生誕百五十年、その時代と作品

小森　陽一

帝国主義戦争の時代にあって、漱石は何を問いかけ、恋愛や明治の精神を作品化したのか。現代の状況とも重ね合わせて漱石の世界に誘う。

Ａ５版、１６０頁、本体１６００円＋税